vers des jours meilleurs

843.914 CAN

Cantin, Marc.
Vers des jours meilleurs : Roman / Marc Cantin.
- Paris : Thierry Magnier, 2001.
- 144 p. : couv. ill. en coul. ; 21 cm.
- (Roman).

Drogues et jeunesse -- Romans.
Relations amoureuses -- Adolescents.
Bandes de jeunes -- Mœurs et coutumes -- France -- 1990.
Adolescents -- France -- Attitudes -- 1990.

ISBN 2-84420-137-7

Loi n° 49-956 du 16 juillet 1949 sur les publications destinées à la jeunesse

Maquette : Bärbel Paulitsch

Marc Cantin

vers des jours meilleurs

Roman

Illustration de couverture
d'Antoine Guilloppé

EDITIONS
THIERRY
MAGNIER

Marc Cantin vit avec sa famille à Paimpont, au cœur de la forêt de Brocéliande. Après avoir exercé différents métiers (éducateur pour handicapés, traceur-gouacheur dans un atelier de dessins animés...), il se consacre aujourd'hui entièrement à l'écriture. Il a publié de nombreux livres pour enfants. Il travaille également pour la presse enfantine, écrit des spectacles de marionnettes et des scénarios pour le cinéma et la télévision.

Princesse Anna, éd. Nathan, 1998.
Le Meilleur Papa du monde, éd. Grasset (coll. Lampe de Poche), 1998.
Les Ailes de Kayak, éd. Grasset (coll. Lampe de Poche), 1999.
L'Aviateur (avec Amélie Cantin et Andrée Prigent), éd. Didier, 1999.
Un ogre pour s'endormir, éd. Milan, 1999.
Le loup a les crocs !, éd. Milan, 1999.
Moi, Félix, 10 ans, Sans-papiers, éd. Milan, 2000.
L'Indien et le dinosaure, éd. Milan, 2000.
Princesse-La-Tornade, éd. Milan, 2000.
Le Monstre de l'espace, éd. Milan, 2000.
La Dernière Nuit du loup-garou, éd. Milan, 2000.
Des barreaux plein les yeux, éd. Thierry Magnier, 2000.
Pas facile d'être une star, éd. Rageot (coll. Cascade), 2000.
Oh ! Les z'amoureux (avec Amélie Cantin), éd. Rageot (coll. Cascade), 2001.
Un poney au balcon, éd. Rageot (coll. Arc-en-ciel), 2001.
Le Mystère de la fille sans nom, éd. Milan, 2001.
Y en a marre des cauchemars !, éd. Milan, 2001.
La Course de l'espace, éd. Milan, 2001.

Cet ouvrage a reçu un avis favorable de la Commission de validation des outils de prévention des usages de substances psychoactives. Cette Commission est présidée par la MILDT (Mission interministérielle de lutte contre la Drogue et la Toxicomanie).

À Sophie…

Première partie

« Que sont devenus tous mes amis
Mais aujourd'hui je pleure et puis j'en ris
On s'est pas tous tiré d'affaire
Pas de la même manière… »

Magyd Cherfi

I

– Alors, Zack, tu fais moins le malin !

C'est vrai, je ne fais plus le malin. Ils me plaquent contre le mur. Brute Épaisse et un autre. Le troisième retient Maïa, un peu plus loin. Et Franck s'avance lentement. Les poings en avant. Ironie d'un défi gagné d'avance. Je dois encaisser sans trop me plaindre. Face à face. Dents serrées contre poings fermés. S'ils ne touchent pas à Maïa, ce sera un moindre mal. Je suis prêt à étaler mon sang sur le trottoir, sur la ville entière, qu'il arrose la colère et tague les murs. Tout, pourvu qu'ils ne touchent pas à Maïa. Il faut la voir battre sa poitrine d'animal affolé. S'il y a quelqu'un d'innocent ici, c'est bien elle.

Ça crève les yeux, bon sang.

Mais Franck se moque de ce que je peux bien dire.

Je ne suis pas en mesure de dire quoi que ce soit.

Je peux appeler ma mère, c'est tout. Et encore, elle ne viendrait pas.

Les poings sont prêts à frapper. Les deux gorilles me tiennent fermement. Les épaules collées aux murs, je me débats en vain ; prisonnier d'une histoire qui a fini par me rattraper. Au plus mauvais moment.

Franck sourit :

– Maintenant, c'est l'heure de payer, Zack.

II

Zack n'a jamais été un lève-tôt.

Quand il était petit, à la rigueur. Quand il se prenait pour un chevalier de l'espace, la première paupière à peine soulevée. Quand son sabre en plastique découpait ses ennemis à la chaîne, quand il sautait sur son lit en retenant d'une main son bas de pyjama, quand le plafond de sa chambre était une porte secrète vers la quatrième dimension et son oreiller un monstre gélatineux dans lequel disparaissaient ses coups de pied.

Hallucinations permanentes dont le souvenir s'estompe à présent.

C'est déjà si loin.

Aujourd'hui, Zack préfère se coucher tard et se lever en conséquence.

C'est ainsi qu'il définit son rythme biologique.

Plutôt nocturne. Difficilement compatible

avec les études. Le lycée ne respecte pas le rythme biologique. Rien à faire. Aller au lycée, c'est se lever quand la nuit se termine. C'est chercher le courage, ce champion du camouflage. C'est quitter la chaleur du bus au moment où on s'était fait une raison.

Et entrer dans le lycée comme dans un bain glacé. À 8 heures. Le soleil encore couché. Avec pour compagnie une cruelle envie de dormir qui donne à cette journée une impression d'infini.

Trouver le courage, préparer le bac. Ambition. Pas simple entre deux bâillements. Mais bizarrement, Zack ne s'en accommode pas si mal. Il survit à ces épreuves, et promène le plus souvent les stigmates de sa scolarité avec fierté. Déjà quinze années d'école derrière lui. Depuis l'âge de deux ans. Une carrière. Alors on s'y fait. Zack s'accorde même à penser que c'est toujours mieux que d'aller travailler. Même un boulot intéressant. Surtout les boulots intéressants. C'est ceux qui prennent le plus de temps. Pour s'en convaincre, il lui suffit de regarder ses parents. Leur travail, ils s'y consacrent à plein temps, tout le temps. Pour réussir, pour s'épanouir, leur job, c'est leur vie ; leurs rendez-vous, leurs collègues, leur pouvoir, leur projet, leur PDG, leur secrétaire, leur boîte, LA boîte, leur voiture de fonction et leurs voyages et leurs avantages… Zack n'en veut pas. Sans regret. Il a bien le temps. Le temps de prendre du bon temps.

Zack n'en demande pas davantage. Rien de plus que les 10 sacs que ses parents lui donnent chaque semaine, une belle image pour enfant sage.

C'est la belle vie quand on y réfléchit.

Zack est adossé à l'arrêt de bus. Il guette de loin son lycée, tous ces blocs empilés, cet énorme pâté de ciment gris. Marjorie descend du bus suivant et le rejoint. Les yeux contrariés, le cou rentré dans le col de son blouson, le sac visiblement trop lourd, Marjorie s'avance aux limites de l'équilibre. Elle non plus n'aime pas le matin. Elle a une théorie comme quoi les journées devraient commencer à midi. Un truc d'équilibre dans le cercle, parce que le cercle c'est la vie et que midi c'est la moitié du cercle.

Un truc difficile à comprendre. Faut y croire, c'est tout.

Zack et Marjorie associent un court instant leur démarche indolente pour aller s'asseoir sur un banc. Au milieu d'un square et de ses jeux pour les gosses ; un espace vert mal éclairé par un lampadaire fatigué. Des jeux pour enfants encore endormis, au nez posé sur le bord d'un bol de céréales.

La ville en personne semble résister au réveil.

Encore dix minutes avant de rentrer.

Marjorie sort de son sac un cône. Tout juste froissé par le voyage. Bien roulé. La veille, sans doute, en même temps qu'elle préparait ses affaires de cours.

Le briquet lèche l'extrémité du pétard. Les joues se creusent. Un goût âcre s'installe à la naissance de la gorge. Les poumons se gonflent de fumée. Les poumons se réveillent, s'affolent et crient : « Au feu ! À l'aide ! » Puis ils se rassurent rapidement, s'apaisent et renvoient la fumée.

Encore cinq minutes avant de rentrer.

Maïa descend du bus. Maïa s'étire dans l'ignorance la plus totale du monde qui l'entoure. Il faut la voir. On ne voit qu'elle. Chacun de ses gestes vaut une larme.

Zack se souvient de ce soir d'hiver, comment elle éclairait le ciel, le ciel de la ville, au bord de la mer. Cette drôle de ville, pas balnéaire, plutôt portuaire. Avec ses grues, ses bateaux usés, ses marins rouillés. Et ses odeurs de vase à marée basse, ses odeurs de nausées, infectes. Cette baie, plaie ruisselante, devenue grise quand les goélands plantent joyeusement leurs pattes dans la boue. Ce soir d'hiver, Zack regardait le soleil s'enfoncer dans la mer. Assis sur une vieille barque retournée. Maïa se serrait contre lui. Les bras croisés, enveloppée dans une veste en cuir pas assez épaisse. Cet instant où elle a calé sa tête dans le cou de Zack. Ce jour-là, la boue est devenue argentée. Une plage de vase parsemée de fleurs blanches.

Elle a dit : « J'ai froid, Zack. On rentre ? »

Du plus profond de son âme, il a supplié Maïa et ses yeux bleus taillés dans une vague du large d'attendre encore un peu.

Elle s'est blottie davantage contre lui comme il n'imaginait pas qu'elle aurait été capable de le faire. Puis le soleil s'est noyé en douceur. Zack respirait pour la première fois l'odeur des cheveux de Maïa.

Le bus repart. Maïa s'étire encore une fois. Moins hésitante. On la sent prête et décidée. Prête pour une nouvelle journée alors que le soleil continue sa grasse matinée.

Elle rejoint Zack et Marjorie à l'endroit habituel. La fumée dans le visage. Une odeur aux arômes soutenus, pas désagréable. Elle se disperse dans la rue qui longe le square. Depuis longtemps, Zack et Marjorie ne se cachent plus. On n'arrête pas les gens pour un peu d'herbe. C'est terminé ce temps-là.

Même si Maïa dit le contraire.

Même si elle ne dit plus rien à présent. Elle s'en fiche d'avoir tort ou raison. Elle attend Zack, c'est tout.

Dernières bouffées.

De quoi attaquer la journée.

– Vous vous souvenez qu'en première heure on a un intervenant qui vient parler de la drogue ? rappelle Maïa sur un ton désespéré de circonstance.

– Justement, on révise, lance Marjorie.

Zack se marre. Il adore se marrer. Bon, là, il se retient un peu parce que Maïa pourrait le prendre contre elle. Mais il adore se marrer. Au lycée, il devrait y avoir une matière pour ça. Une heure pour apprendre à déconner. Le plus dur, ce serait de trouver un prof qui maîtrise le sujet… Quoique avec un peu d'herbe, on peut faire des miracles.

– Magnez-vous, on va être en retard, soupire Maïa.

Il ne reste que le filtre. Marjorie s'en débarrasse d'une jolie pichenette. La comète orange se perd à une distance respectable dans l'herbe rase couverte de nuit. « Un matin, je resterai sur ce banc, songe Marjorie. Je m'endormirai peut-être avant que les premiers enfants n'envahissent le square. J'attendrai la journée s'il le faut. Le temps qu'il faudra à ma mémoire pour oublier jusqu'à l'existence du lycée. »

– On y va, Zack ? s'impatiente Maïa.

Zack passe un bras autour de ses épaules.

– T'inquiète pas, on a toute la vie, lui murmure-t-il à l'oreille.

Maïa se colle contre lui. Si douce. Elle passe sa main sous le blouson de Zack et en profite pour poser la question qui la préoccupe depuis hier :

– Il paraît qu'un élève de term en a après toi ?

– Qui t'a parlé de ça ? s'étonne Zack.

– C'est des bruits.

– Et qui fait circuler ce genre de bruits ?

– Une copine. Alors c'est vrai ?

– Des histoires ! Je lui ai seulement vendu un

CD gravé qui ne fonctionne pas. Évidemment, il s'est mis en rogne. Mais je vais lui en graver un autre. C'est tout.

– C'est tout ?

– Je te jure. Toi et tes copines, vous exagérez toujours tout. C'est incroyable !

– Peut-être…

– Allez, te fais pas de soucis. C'est déjà arrangé.

Zack pince la hanche de Maïa pour la faire râler. Puis rire. Il l'embrasse. C'est n'importe quoi cette histoire de term. N'importe quoi.

Marjorie suit le mouvement. Elle allume une cigarette pour la route.

Qu'ils sont ringards ces deux-là.

Elle, les mecs, elle ne les trouve pas au lycée.

III

Yvan est venu me voir peu de temps après la rentrée. Il avait peut-être tiré deux ou trois fois sur un pétard. Pas plus. Mais il était bien décidé à approfondir sa formation. J'ai fermé la porte de ma chambre à clé et je suis retourné m'asseoir à côté de lui. J'ai poussé les classeurs et les livres qui tapaient leur incruste sur mon bureau.

Il fallait faire les choses dans l'ordre.

C'est ce que j'ai expliqué à Yvan.

J'ai commencé par coller mes feuilles. J'en prends toujours deux. Pas trois. Deux, ça suffit. C'est pas la peine de fumer du papier, question de santé.

Enfin, moi, je préfère.

– Donc, tu colles tes deux feuilles. Tu vois, ça forme un T. Mais tu laisses dépasser plus du côté collant. Sinon après, tu vas être coincé pour rouler.

– Ah ouais, a fait Yvan. Ouais, ouais.

Si les profs l'avaient vu, aussi attentif, ils seraient allés se pendre.

Bref. Ensuite, j'ai roulé un filtre.

– En général, j'utilise un ticket de bus. C'est rigide, mais pas trop. Et surtout, le bus, c'est comme le pétard, ça permet de voyager en groupe.

J'ai levé les yeux vers Yvan : aucune réaction. Son visage est resté inexpressif. Au bout de trente secondes, il a fini par sourire. Enfin. Eh ben, il en a mis du temps à comprendre !

– Ça ne va pas te faire de mal de fumer un peu, j'ai dit.

Cette fois, il a ri bêtement.

Je me suis demandé s'il ne me menait pas en bateau, s'il n'avait pas pris un truc avant de venir. Avec son petit air de ne pas y toucher. Tu parles.

– Bon, tu suis toujours ?

– Ouais, ouais, Zack, continue, m'a fait Yvan.

Où j'en étais… Ah oui, le filtre !

– Tu le roules. Voilà. Il se détend toujours un peu alors tu le serres bien. Pas comme une brute non plus, sinon faudra tirer dessus comme un dingue.

J'ai taxé une blonde à Yvan. Trop content de m'en filer une pour la bonne cause. J'ai déchiré le papier pour récupérer le tabac.

– Une moitié suffit. On n'est pas là pour s'intoxiquer avec tes clopes pourries.

Yvan s'est marré.

Raté. Pour une fois, c'était pas une blague.

– Maintenant, tu prends le shit. Il vaut mieux le sortir le plus tard possible, sinon, il y a toujours un lascar dans les parages pour venir le tripoter. Je déteste ça.

– D'accord, Zack.

Yvan avait compris l'allusion. Tant mieux.

– Tu le chauffes. Délicatement. Tu dois seulement ramollir l'extrémité de la barrette. Surtout, fais gaffe de ne pas cramer le shit. Imagine le gâchis. Comme ça… Tu passes la flamme du briquet en dessous. Et là, tu commences à l'émietter.

– Tu en mets beaucoup, Zack, m'a fait remarquer Yvan.

– Je mets ce qu'il faut.

J'ai mélangé le tabac et le shit, de l'afghan avait dit Boris. Qualité supérieure. J'ai pris mon temps. Bien mélanger. C'est ça le secret.

– Attention, j'ai prévenu, c'est ici que ça se corse. On arrête de déconner.

Yvan a retenu sa respiration. Son front s'est plissé et son cou s'est allongé. J'ai fait glisser le mélange au bord de la table. De l'autre main, je tenais les feuilles collées entre elles, incurvées, et le filtre déjà en place. Défense d'éternuer.

Le mélange est tombé sur les feuilles comme au fond d'une petite gouttière.

J'ai égalisé avant de commencer à rouler.

– Sans trembler. Sinon, on pourrait te prendre pour un drogué, j'ai précisé à l'attention d'Yvan.

En attendant que son cerveau décode, j'ai roulé, enroulé – coup de langue – et collé. Puis j'ai tassé l'extrémité, et tortillé le surplus de papier, bien serré. Drôle de chapeau que j'ai enflammé.

Le tour était joué.

Il ne restait plus qu'à allumer le pétard.

Ce que j'ai fait sans attendre.

Premières taffes. C'était parfait.

Démonstration terminée.

Yvan me fixait, les yeux ronds.

– Le prochain, c'est toi qui le roules, j'ai prévenu.

IV

– Changement de programme, changement d'habitude. Laissez vos sacs dans la classe, emportez seulement de quoi noter.

Noter quoi ?

Mauvaise question. Direction le CDI.

Défilé dans les couloirs. Un vrai troupeau. Le prof de français en tête. À l'arrivée, la documentaliste désigne les chaises disposées en arc de cercle autour d'une table. Chacun trouve sa place. La même qu'en classe, à peu de chose près. Un véritable exploit dont personne n'est conscient, à part le prof, peut-être. Une femme se tient devant les élèves. Une femme inhabituelle. Elle n'est pas du lycée. Ça se voit au premier coup d'œil. Ni jeune, ni vieille. Entre les deux. Un stade intermédiaire que les profs ne pratiquent pas. Ils sont d'abord jeunes, et puis un jour, ils sont vieux.

Elle, c'est différent. Avec ses cheveux courts et son visage aux traits appuyés par quelques rides superficielles. Un visage souriant qui ferait croire qu'elle est heureuse d'être ici.

Mais surtout, elle est petite.

Pas plus grande que la majorité des élèves ; sauf que les élèves sont assis.

Zack derrière, près d'une fenêtre.

Maïa à l'opposé, à côté des panneaux d'expo.

La documentaliste explique que cette femme, « l'intervenante », qui n'est pas grande, un peu ronde, un peu boulotte même, fait partie d'une association. Une association quelconque, un sigle énigmatique dont la signification va se griller contre les néons de la salle.

Le prof de français hoche la tête.

Dès que la documentaliste termine une phrase, il hoche la tête.

Puis, l'intervenante, cette petite femme, prend la parole. D'un coup. Comme prise d'une soudaine impatience. Elle dit s'appeler Maryse.

Et s'appeler Maryse ça signifie qu'on vient discuter, informer, mais surtout discuter.

Même si pour l'instant, elle est la seule à parler.

S'appeler Maryse, c'est dire : « Félicitations aux élèves qui ont organisé cette exposition sur les risques liés aux usages de drogues. C'est du très bon travail. »

Quelques voix lui rappellent que c'est une idée du prof, à la base. Faudrait pas confondre. Et puis tout le monde n'a pas participé, parce que franchement, coller des images de feuilles de cana et de fleurs de pavots sur des panneaux, c'est plutôt nase.

S'appeler Maryse c'est ne pas se laisser déstabiliser et dire que toutes les occasions sont bonnes pour parler de la drogue. En parler, c'est écarter pas mal d'idées fausses sur le sujet. Qui peut se vanter de tout connaître sur la drogue ?

Elle a le sens de la formule, Maryse. Peut-être qu'elle, elle en connaît un rayon...

Mais elle prévient déjà qu'elle n'a pas de solution miracle face à la drogue.

Et répète : « Je suis seulement venue en discuter avec vous. »

Zack juge le moment opportun pour lui demander si elle a apporté des échantillons.

Tout le monde rit.

Premier regard de Maïa pour Zack, façon orage en prévision.

Zack demeure imperturbable, la tête appuyée sur la vitre, le dos en attente d'une scoliose. Il observe Maryse qui s'assied sur la table et désigne les panneaux de son association qu'elle a apportés pour compléter l'exposition. Un vrai cours d'anatomie : coupe du cerveau humain, schéma de connexion entre deux neurones gorgés de LSD... Il ne manque plus que cette bonne vieille photo du poumon carbonisé ou celle du foie transformé en éponge.

Ringard.

Maryse sourit de plus belle. Maryse est assise,

les pieds loin de sol. Elle est vraiment petite. Est-ce une ancienne toxico ? Ce serait logique d'envoyer des anciens toxicos dans les lycées. Il faudrait voir les veines de Maryse pour en être sûr. Pendant combien de temps peut-on voir les traces d'aiguilles sur les bras, sur les chevilles, sur les cuisses ? Est-ce pour toute la vie ?

C'est une bonne question. Difficile à poser quand même. Même à cette fille qui s'appelle Maryse. Surtout pour commencer.

– De toute façon, la drogue, ça a toujours existé, lance Yvan, à côté de Zack.

Maryse est contente. Les réactions ne se font pas attendre.

Le prof continue de hocher la tête.

Maryse dit, oui, c'est vrai, les drogues ont toujours existé. Ça ne date pas d'hier. Les Égyptiens utilisaient le pavot comme remède pour empêcher les enfants de crier trop fort.

– Et les Indiens, ajoute-t-elle, ils ne mettaient pas que du tabac dans leur calumet quand ils voulaient communiquer avec le Grand Manitou. Ce qui est donc intéressant à comprendre, ce sont les raisons qui poussent à utiliser ce genre de produit.

Zack aime beaucoup cette image. Celle des Indiens. Les Égyptiens, il s'en fiche ; tout juste bons à faire trimer les hommes pendant dix générations pour construire quelques pyramides. Mais les Indiens, c'est différent. Zack n'avait jamais pensé à ça. Il est en communion avec les Indiens, en harmonie avec leurs danses, leurs musiques et leurs croyances. Zack est un peu indien, dans l'esprit au moins, un Indien sans plume, mais c'est sans importance car aujourd'hui les Indiens n'ont plus de plumes.

Cette idée plaît à Zack.

Maryse lui semble soudain sympathique.

Petite femme énergique, planteuse de totems, perchée sur sa table.

Zack va chercher le regard de Maïa. Il mime un joueur de tambour, un Indien, dont les mains s'arrêtent à quelques centimètres du dossier de la chaise de son voisin.

Un Indien silencieux qui joue pour le Grand Manitou.

V

J'étais assis parmi mes amis.

Un soir de vacances, bien décidé à en profiter.

J'aime être assis parmi mes amis.

Ceux de ma classe, Yvan et Marjorie.

Et nos nouveaux amis. Rien à voir avec le lycée. Ceux que Marjorie a rencontrés en traînant à la fac de lettres. Bien qu'elle ait redoublé deux fois, Marjorie serait plutôt du genre à sauter les classes. Dommage que ce genre de performance ne soit pas pris en compte dans les bulletins scolaires.

Marjorie nous a donc présenté ses nouveaux amis, les nôtres maintenant, et surtout la maison qu'ils louent tous les quatre ; pas très loin de la fac, dans un quartier excentré du centre de la ville, idéalement paisible.

Sympas, nos nouveaux amis.

Ceux que Maïa n'aime pas. Elle les déteste, même. Elle préfère rester à l'écart, faire les cent pas dans la maison, un peu plus loin, regarder par la fenêtre pendant une heure, regarder la rue, n'importe quoi.

Alors, je me suis levé.

Alors, je l'ai embrassée. Je n'ai pas eu à me forcer. J'ai caressé sa langue avec ma langue. Mélange de désirs et de douceurs. Maïa, ses yeux fragiles, ses cheveux malicieux qui jouent sans cesse avec son visage. Maïa, ses seins qui pointent au travers de ses pulls, ses jambes qui la hissent jusqu'à mes lèvres. Maïa, ses doigts hésitants qui parcourent mon corps.

Ma bouche contre sa bouche, j'ai prononcé des mots étouffés. J'ai caressé sa langue en élève appliqué pour en extraire toutes les saveurs, tous les plaisirs. Comme à chaque fois, elle s'est accrochée à mon cou, elle a frotté ses seins audacieux contre ma poitrine ; elle s'agrippait, se pendait comme si le sol n'existait plus sous ses pieds. Elle s'abandonnait.

Et ses lèvres.

Jusqu'aux derniers instants, elles venaient chercher mes lèvres. Elles brillaient de salive, glissaient sur mes lèvres, les aspiraient.

Quand Maïa a rouvert les yeux, elle semblait se réveiller.

C'était certain.

Au réveil, elle devait avoir ce même regard, la tête encore enfoncée dans l'oreiller.

Je l'imaginais, Maïa, un matin, nue sous les

draps, les seins écrasés sur le matelas, la forme de son dos, la courbure de ses reins et la rondeur de ses fesses.

Je l'imaginais.

Et je retenais son visage à deux mains pour mettre fin à ce baiser, aux suivants déjà en attente.

Mais elle ne voulait pas quitter sa fenêtre.

Alors, j'ai laissé Maïa et j'ai repris ma place parmi mes amis.

Le pétard m'attendait, au bout d'un bras, du bras d'un ami. J'ai inhalé profondément. Trois ou quatre fois de suite. Puis la fumée est montée vers le plafond. Le plafond du salon de nos amis. Pardon. De la salle de répétition de nos amis. Nos amis sont musiciens. Bon, pour l'instant, ils jouent surtout du pétard. Mais faut bien commencer par quelque chose.

J'ai laissé le cône refroidir un peu. Face à face. Il se dressait dans ma main. Encore trois ou quatre fois, j'ai aspiré. J'ai gardé la fumée dans mes poumons le plus longtemps possible. Elle a fini par s'échapper par mon nez, par ma bouche, par mes yeux.

Le pétard aussi s'en est allé, volatilisé, embarqué vers d'autres mains habiles, d'autres bouches impatientes.

C'était le cinquième.

À ce rythme, la barrette de shit allait y passer. Normalement, je préfère l'herbe. Aujourd'hui, le shit est coupé avec n'importe quoi. Mais Boris vend surtout du shit. Heureusement, il est bon. Boris ne vend que des bonnes choses. Du shit pas trop coupé.

C'était le cinquième, je crois.

Ça allait.

Il en faudrait encore deux.

Mon ami, à ma gauche, s'occupait déjà de rouler le suivant.

Mes amis étaient heureux. Je les écoutais rire.

J'aime mes amis. On se comprend.

J'aime la musique aussi.

Toujours la même.

Repeat.

La musique était partout. Je la laissais venir à moi. Elle était là, à côté, au-dessus. Elle se mélangeait parfois à la fumée du nouveau pétard. La guitare était un oiseau installé sur ma tête. Ses pattes s'enfonçaient dans mon crâne mais je ne ressentais aucune douleur. J'entendais chaque son, chaque instrument. Je préfère la guitare, alors je n'entendais que la guitare. J'entendais chaque accord, j'entendais chacune des notes qui composaient cet accord. J'entendais la corde vibrer, tout près des micros. J'entendais cette voix, elle était grave, de plus en plus grave, cassée, elle me disait qu'un jour, moi aussi je ferais parler ma guitare, ça m'arriverait. Un jour, un vieil homme à la peau noire, décolorée par endroits, me fera signe d'approcher. Il sera assis sur un trottoir ou sur un banc, une guitare couchée sur les genoux. Il me fixera un long moment. Ce sera sa façon de juger ma sincérité. Puis il prendra mes mains. Il les serrera. Je sentirai la chaleur passer en moi. Nous resterons ainsi, une heure peut-être, une nuit. Et ensuite, je pourrai faire pleurer n'importe quelle guitare.

Je devais seulement être patient car rien ne pressait.

Rien ne presse.

En attendant, j'écoutais la guitare posée sur ma tête.

Et la porte s'est ouverte d'un coup.

– Je rêve ! C'est quoi votre ambiance de babs ?

Boris est entré dans la pièce. Maïa lui avait ouvert la porte. Il était au milieu du salon. Au milieu de mes amis.

Mes amis riaient.

– Vous vous croyez à Woodstock ? Laissez-vous pousser les cheveux tant que vous y êtes !

Boris a rajusté le col de sa veste en cuir et a dit qu'il ne vendait pas du shit pour relancer la mode des gilets à fleurs, qu'on devait arrêter ça.

On n'était qu'une bande de larves. Et ça avait assez duré.

C'est ça qu'on voulait être ? Une bande de larves ?

Quelqu'un a proposé à Boris de s'asseoir et de fumer avec nous. Histoire de se détendre. Pour faire taire Boris. Mais Boris ne la fermait pas. Au contraire. Il a dit le shit c'est bon pour les gosses. Le shit c'est bon qu'à t'endormir. Aujourd'hui, il avait mieux. Beaucoup mieux. Pas pour les mômes. Lui, c'était pas un môme. Il a dit j'ai vingt-deux ans. Non, c'était pas un môme.

Boris avait beaucoup mieux.

De quoi me faire oublier ma guitare. De quoi patienter.

Beaucoup mieux mais il fallait changer la musique.

Trop nase cette musique.

D'accord pour changer la musique.

– Bon, vous avez combien dans les poches ? a demandé Boris en éteignant l'ampli.

VI

Maïa garde un œil sur Zack. C'est plus fort qu'elle. Toutes les deux minutes, elle tourne la tête vers lui. Ça ne dure qu'une seconde mais c'est suffisant. Et c'est ainsi depuis bientôt un an.

Presque un an.

Encore trois jours et ça fera un an. Maïa n'est jamais restée aussi longtemps avec un garçon. Mais Zack n'est pas comme les autres. Il est sa passion, ses espoirs, ses ivresses, sa seule ambition. Elle le connaît depuis toujours, en vérité. C'est ce qu'elle prétend. Elle pense que certaines personnes sont faites pour se rencontrer. Elle croit aux vies antérieures, à ce passé qui les a réunis puis séparés. Elle croit à tous ces trucs-là. Maïa voit le monde comme un poème sans fin.

Maïa, ses rêves de petite fille toujours présents.

Ses rêves de médecine, ses rêves d'enfants à soigner, ses rêves d'Afrique et d'Asie, ses rêves de princes, si charmants. Maïa et sa capacité à mettre toujours la main sur une miette de bonheur.

Maïa qui ne lâche pas prise. Maïa qui s'accroche à Zack qu'il fasse beau ou mauvais temps. Maïa qui refuse son corps à Zack depuis un an. Qui le laisse toucher mais pas entrer.

Maïa qui dit bientôt. Maïa qui sait ce qu'elle veut et ce qu'elle ne veut pas. Maïa qui n'en démord pas, qui tourne une nouvelle fois la tête vers Zack.

C'est venu de devant. Marjorie, sans doute. Une phrase comme quoi l'alcool et le tabac font plus de morts que la drogue.

Hé oui ! Faut pas raconter d'histoire.

Certains ont applaudi.

Maryse est descendue du bureau. Rien à foutre d'être petite.

– C'est vrai, admet-elle sans la moindre gêne.

Elle désigne les panneaux d'expo :

– Le tabac comme l'alcool sont des drogues et ils peuvent créer des dépendances physiques ou psychiques, au même titre que le cannabis, la cocaïne ou l'héroïne.

– Sauf que l'alcool et le tabac sont légals, lance une fille au premier rang.

– Légaux, corrige machinalement le prof de français.

– ... et le cannabis interdit, complète Maryse.

Elle semble le regretter.

Et puis l'instant d'après, on n'en est plus certains.

Cette fois, Zack se redresse. Ça veut dire quoi s'appeler Maryse, à la fin ? C'est être une ex-toxico ? Une néo-démago ?

– Ce qui m'intéresse surtout, continue Maryse, c'est la façon dont vous pouvez être amenés à consommer ces produits. Par exemple, nous ne réagissons pas tous de la même façon aux effets de l'alcool.

– Exact, intervient Zack. Moi, ça ne me fait rien !

Encore des rires.

Même Maryse.

Zack joue son rôle à la perfection : celui du provocateur, celui qui attend le moment propice pour balancer ses vannes façon mauvais feuilleton télé.

Maïa sourit seulement. Mais elle sourit. Même dans ces moments-là, elle aime terriblement Zack. Peut-être est-elle droguée, elle aussi ?

Est-ce que l'amour est une drogue ? Peut-on demander ça à Maryse ?

Amoureuse et dépendante. Maïa sait que Zack est dangereux pour elle. Dangereux et essentiel. Vital. Sinon, tout s'arrête. Les notes, ce serait pire encore sans Zack. Et la mère de Maïa devrait avaler un antidépresseur de plus. Tous drogués, tous camés, c'est ça la morale ? On n'en sortira donc jamais ?

Et Maryse parle dans le vide, ou pour quelques élèves, peut-être. Elle explique qu'il faut éviter les mélanges. Alcool-cana, cana-ecsta… Trop de drogue tue le drogué. C'est connu.

Décidément, Maïa n'aime pas ce monde. Ce monde criant de vérité. Criant la vérité en plein visage. Bien trop loin de ses rêves. Rien dans ce monde. Rien à part Zack. C'est tout.

Et malgré tout ce qu'il lui a fait.

VII

Je ne sais plus comment nous étions arrivés là.

Je me souviens seulement des lumières. Elles passaient au travers des corps. Du mien. Des autres.

Rien n'arrêtait les lumières.

Elles étaient blanches, parfois, ou bleues, ou vertes. Les corps s'agitaient. Mon corps s'agitait. Se tordait, se cassait et se redressait.

Et les lumières passaient au travers.

Rien n'arrêtait la lumière.

J'ouvrais la bouche. Ma bouche était immense. Je ne savais pas qu'elle pouvait s'ouvrir si grand. J'ouvrais la bouche pour avaler la lumière. Elle entrait et ressortait par l'arrière de ma tête. Je voyais derrière ma tête, et la lumière s'en allait plus loin transpercer d'autres corps, en douceur, sans blessure, sans brûlure.

J'avais chaud.

À présent, j'étais torse nu. Mon torse se tordait

encore, se détordait comme un ressort. Putain, je faisais de la poésie ! C'est génial ! Hé, les mecs, je suis un poète !

Je hurlais que j'étais un poète.

Ils se marraient tous. Ils disaient des trucs que je n'entendais pas et moi je criais : « J'suis un poète et je vous emmerde ! »

J'avais chaud.

J'étais pourtant torse nu.

Je tirais sur ma peau. Ma peau, je ne pouvais pas enlever ma peau. Hé ! J'étais peut-être défoncé mais je ne suis pas crétin.

C'est ce que j'essayais d'expliquer à Maïa. Je me suis assis à côté d'elle. Assis par terre. Le dos contre le mur. Le mur était humide ou c'est moi qui transpirais. Hein, Maïa ? C'est le mur ou c'est moi ?

Maïa a dit qu'il fallait que j'arrête de hurler quand je parle, sinon elle se tirait.

Ouais, mais y avait la musique.

– D'accord, j'arrête de crier, j'ai promis.

C'était toujours pareil.

Maïa ne s'amusait pas.

– Tu ne t'amuses pas Maïa. Tu dis oui, mais c'est faux. Moi aussi je peux dire n'importe quoi.

Maïa, regarde-toi !

J'ai insisté :

– Tu veux pas essayer ? Il m'en reste, tu sais. C'est juste un cachet. Pas besoin de fumer. T'aimes pas la fumée. Tu vois, je m'en souviens.

J'avais tellement envie que tu essaies.

Une fois, au moins. Pour me faire plaisir.

Une fois. Un truc léger, juste pour avoir la pêche.

– Non, Maïa, c'est faux ! T'as pas la pêche. La pêche c'est quand la lumière te transperce, quand elle entre par ta bouche et qu'elle ressort par l'arrière de ta tête. Tu sais, ça ? Non, tu ne sais pas. Et ce mur qui m'inonde le dos ! J'en ai marre de ce mur !

D'accord, je ne crie pas.

J'avais promis. Je m'en souvenais parfaitement.

Je me suis levé, c'est tout.

– Je t'ai dit que j'étais un poète ?

La lumière me transperçait à nouveau. Et mon corps se tordait comme un ressort.

Jamais fatigué.

J'aurais pu danser toute la nuit.

C'était bon.

Bien sûr que c'était bon.

VIII

Yvan parlait à l'enceinte depuis un bon bout de temps.

Enfin, je crois.

Je ne sais pas ce qu'il lui racontait mais ça semblait sérieux. Il m'a fait signe que tout allait bien, et il a repris sa discussion avec les haut-parleurs qui lui crachaient 100 watts dans la tête en continu.

Ses oreilles en frémissaient de plaisir.

La maison était pleine de lumière, pleine de musique. La fête allait durer toute la nuit. Tout le week-end. C'était le week-end, on pouvait bien s'amuser. Voyager dans le virtuel sans microprocesseur et tout ce bazar. Avancer à son rythme, sans le poids des reproches. Léger comme une poussière prise dans un rayon de lumière. Je voulais juste continuer, flotter, surtout ne pas redescendre.

Deux précautions valent mieux qu'une.

J'ai gobé mon deuxième ecsta.

J'aurais sûrement dû lire le mode d'emploi, ne pas dépasser la dose prescrite, mais le plus important ce n'était pas ça. Avant tout, il ne s'agissait pas de flancher. La fête ne devait pas s'arrêter. Je suis retourné danser. Avec les autres. Nombreux maintenant. Ça y est, je me souviens, au début, c'était une répèt. Les musiciens, nos amis, avaient tout installé. Ça avait dû leur prendre du temps. Ils étaient même là pour nous accueillir, eux et d'autres amis que nous ne connaissions pas. Mais à présent, tous avaient disparu de cette pièce immense. Noyés, engloutis ou dissous comme le sel dans la mer. Et moi aussi je me suis jeté à l'eau. Porté par la marée humaine. Les corps se frottaient. Ma peau était devenue fine, si fine. Chaque frottement était une caresse intérieure. Mes doigts étaient des capteurs. Ils pouvaient tout détecter, tout comprendre. Mes mains étaient magiques.

Juste avant de fermer les yeux, j'ai vu Marjorie, dans les bras d'un mec, un musicien sans doute, en voici un, enfin. Ils se caressaient. Le T-shirt de Marjorie se gonflait quand la main la caressait. Ils dansaient et se caressaient. Rien à foutre des autres. Rien à foutre que je les regarde.

Cette main sur les fesses de Marjorie, moulées dans une jupe kaki ou camouflage. Ils passaient devant moi et s'éloignaient tranquillement, toujours en se caressant.

– Hé ! j'ai fait en rattrapant Marjorie, y a des piaules, là-bas ?

– Quelques-unes, m'a répondu le mec en désignant les portes de chaque côté du couloir. Mais il n'y en aura pas pour tout le monde.

Ils ont quitté la pièce. Ils se sont engagés dans le couloir. En se pelotant comme des malades. Bien sûr, dans une maison, il y a toujours des piaules. Comment avais-je pu ne pas y penser plus tôt ?

– Zack, j'en ai marre, je rentre.

Je me suis retourné. C'était magique. Maïa était plantée devant moi. L'œil pas content.

– Attends, j'ai dit, on pourrait discuter un peu.

– Ici ? Avec la musique ?

– Non, là-bas, on sera tranquilles.

– T'es sûr ?

– Ouais. J'ai demandé aux potes de Marjorie. C'est sans problème.

Je l'ai embrassée. Mes mains s'emballaient. Je devais maîtriser mes capteurs.

– Bon… D'accord, a fait Maïa.

Direction le couloir. Maïa parlait. Elle n'arrêtait pas de parler. Peut-être elle récitait des poèmes ou elle chantait… « Ah ! C'est à moi que tu parles ? Pardon. Je t'écoute… » Mince, j'étais complètement raide. Le deuxième ecsta était de trop. Je le sentais. Je n'étais pas encore habitué, j'aurais dû être plus prudent. Je savais que j'avais fait une erreur. Mais bizarrement, je m'en tapais. Et alors complètement. Fallait juste que j'arrête de fumer. C'est les clopes, ça me rend malade. Je l'ai toujours dit. Saleté de nicotine.

– Oui, oui, je t'écoute… Comment ça, ce que j'en pense ?… Mais, la même chose que toi, Maïa. Enfin, je veux dire, sur le fond, bien sûr.

Elle semblait satisfaite de ma réponse.

Même pas foutu de comprendre ce que racontait Maïa. Sa voix se mélangeait à la musique et formait un bourdonnement continu duquel il m'était impossible d'extraire un mot.

Mais bizarrement, je m'en foutais aussi.

Ce qui m'intéressait, c'était de trouver une piaule pour être tranquille avec elle. Une petite piaule pour faire l'amour gentiment. Non, je rigole, j'avais même pas de capote. Enfin, je ne sais plus trop. De toute façon, Maïa ne voulait pas faire l'amour. Elle voulait attendre. Ça, je m'en souviens.

Bizarrement, je ne peux pas dire que je m'en foutais.

Mais ça ne posait pas de problème. Je la respecte, Maïa. C'est elle qui doit décider.

– Attends, je vais essayer celle-là…

Enfin une porte qui s'ouvrait. Un petit bureau, un canapé en mousse, du genre qui se déplie sans vous arracher un doigt. C'était parfait. J'ai fermé à clé pour qu'on ne vienne pas nous déranger.

– J'aimerais vraiment qu'on fasse un peu autre

chose que de traîner dans tes fêtes glauques, m'a sorti Maïa en s'asseyant.

– C'est pas glauque, j'ai protesté, on s'amuse. Si tu voulais t'amuser, tu ne trouverais pas ça glauque.

– C'est pas le problème. J'aimerais juste, de temps en temps, faire autre chose.

– J'suis d'accord… Tu le sais que je t'aime. Moi aussi j'ai envie de faire autre chose avec toi.

Je lui taquinais les seins pour la faire râler.

J'aime bien quand elle fait la tronche.

Elle n'est jamais aussi belle.

On était sur le canapé. Allongés.

Dans la pièce d'à côté, on entendait des rires. Et un peu plus tard des petits cris. Je pense avoir reconnu la voix de Marjorie. Apparemment, elle ne s'ennuyait pas avec son musicien.

Nous, on s'embrassait. On s'embrassait, on s'embrassait. La langue de Maïa m'a rendu fou. Je crois que c'est sa langue. Je n'en sais rien. Je ne sais plus comment je me suis retrouvé couché sur elle. Entre ses jambes écartées. J'essayais de déboutonner son jean. Je tirais sur les boutons. J'étais fou. Ce jean ne voulait pas s'ouvrir. C'est devenu une sorte de défi. Le jean me disait qu'il ne me laisserait pas entrer. J'allais rester dehors et c'était bien fait pour moi. Alors forcément, je n'entendais pas Maïa qui criait. Elle se débattait. Elle m'appelait. Et moi je n'étais plus là. Je m'acharnais sur ce foutu bordel de braguette.

Je croyais que c'était le moment. Qu'elle avait dit oui. Sinon, j'aurais jamais fait ça. Je la respecte trop. Et soudain, la fermeture Éclair a craqué : des boutons, il n'y en avait qu'un.

Je suis resté un moment à contempler la braguette béante qui dévoilait un slip bleu du ciel avec de jolis bords brodés de nuages blancs. Maïa en a profité pour dégager ses jambes et m'envoyer valser en bas du canapé.

Je suis resté étalé par terre.

Je crois que Maïa m'a frappé. Puis elle est partie.

J'ai entendu la porte claquer.

Ça, je m'en souviens.

IX

Sonnerie. Fin du cours.

Maryse distribue ses tracts. Ses petites cartes postales. *S'informer, c'est réduire les risques, Alcool pas cool* et autres formules à la noix. Zack attend à la porte. Maïa est en pleine discussion. En pleine information. Maïa adore s'informer. C'est une manie. Une vraie maladie. Ses parents sont comme ça. Elle est comme ça. Même leur chien regarde la télé pour s'informer sur la meilleure marque de croquettes.

On s'informe, on discute, on discute et on finit par s'endormir. C'est ce à quoi pense Zack, en attendant.

– Alors, il paraît que Franck a juré de mettre ta belle petite gueule en morceaux, lui glisse Marjorie à l'oreille.

– Mêle-toi de tes affaires.

– D'accord, mais fais gaffe.

– Merci, maman.

– Bon, tu viens, samedi soir ? demande Marjorie.

– Yvan viendra ?

– Évidemment.

– Ouais, je vais venir.

– Maïa aussi ?

– Évidemment, répond Zack.

– Comme tu veux, fait Marjorie.

Zack la laisse s'éloigner. Il sait très bien qu'elle se passerait volontiers de Maïa. Pas difficile à deviner. Mais Zack ne cédera pas. Pas question de sortir sans Maïa. Pas question non plus de rater une fête. À seize ans, on peut tout avoir. Suffit de vouloir… Ça finira par s'arranger. Zack en est certain.

Même si pour l'instant, il n'a pas encore parlé de cette soirée à Maïa.

Bon, elle se magne un peu ! Zack en a assez de poireauter devant la porte. En plus, il est persuadé que Maïa parle de lui à Maryse. Et mon petit copain fume du hasch, et il gobe de l'ecstasy, et la dernière fois ça ne s'est pas très bien passé, et est-ce qu'il faut que je m'inquiète ?… Mais non, Zack n'est pas parano. Si Maïa voulait, ils passeraient ensemble au travers des murs. Il ne faut pas oublier ça. Au lieu de perdre du temps avec des cartes ridicules et des questions sans réponses. Ensemble, rien ne les arrêterait.

Enfin, elle arrive.

– Qu'est-ce que tu lui racontais ? demande

Zack en s'engageant dans les couloirs du lycée au côté de Maïa.

– Rien. Je m'informais, explique-t-elle.

Comme si c'était naturel de s'informer !

– Et qu'est-ce que tu as appris ? continue Zack.

– Je ne crois pas que ça t'intéresse vraiment, coupe clairement Maïa.

Bien.

Zack n'a pas envie de se prendre la tête avec Maïa.

Surtout qu'il doit lui parler de cette soirée chez Marjorie. C'est son anniversaire et les bougies auront des formes coniques : ce serait dommage de rater ça...

– Je t'en ai parlé pour samedi ?... commence Zack.

– Samedi ? Non.

– C'est bizarre, je croyais t'en avoir parlé.

– Non, je t'assure. Qu'est-ce qu'il y a samedi ?

– C'est l'anniversaire de Marjorie...

– C'était il y a quinze jours, coupe Maïa.

– Oui, mais ce week-end, ses parents ne sont pas là. Alors elle organise une petite fête. Un truc cool.

– Un truc cool, répète Maïa sur un ton adéquat.

Zack baisse la tête, genre sale gosse à qui on rappelle sa dernière bêtise. Celui qu'on ne peut plus croire même lorsqu'il promet d'être sage.

Mais celui à qui on finit toujours par céder. C'est une question de temps.

– Je suis désolé pour l'autre jour, marmonne Zack.

Maïa ne répond pas.

Pas tout de suite.

Elle n'aime pas réparer ses braguettes de jeans en cachette de ses parents. Elle n'aime pas qu'on lui ouvre le jean de force. Personne n'aime ça. Ou alors, c'est un jeu. Mais là, ce n'était pas un jeu. Et Zack était au courant. Il savait qu'elle ne voulait pas faire l'amour. Pas maintenant. Bientôt, certainement. Mais pas comme ça, en tout cas.

Pas comme ça.

Bien sûr, il n'était pas dans son état normal. Zack n'aurait jamais agi de la sorte dans son état normal. Il a promis de ne pas recommencer. Il promettra encore si elle le lui demande. Il promettra de ne plus lui arracher sa braguette, à moins qu'elle ne l'y autorise. Il promettra même de ne plus toucher aux ecstas, et de ne plus confondre des boutons avec une fermeture Éclair. Il promettra, juste de l'herbe, seulement de l'herbe ou un peu de shit. C'est tout.

– Et si je buvais, si je me bourrais la gueule, ce serait pas mieux, lance Zack pour sa défense.

– C'est vrai, ce serait pas mieux, concède Maïa.

– Alors, on peut s'amuser un peu, non ?

– Je ne me suis pas amusée.

– Si tu m'écoutais, tu t'amuserais, insiste Zack.

– Je ne me suis pas amusée, l'autre soir, précise Maïa.

Zack s'excuse encore. Il promet encore. Ça n'arrivera plus. Il ne connaissait pas l'ecstasy. Il s'est fait avoir. Il faut connaître les produits, c'est même Maryse qui l'a expliqué tout à l'heure. Comme quoi il a écouté ; c'est bien ce qu'il faut faire, non ?

Maintenant, il connaît. Ça n'arrivera plus, Maïa.

Voilà. Maïa va céder. Malgré ses peurs, sa peur de faire l'amour, sa peur de la drogue, sa peur de ce monde où elle ne parvient pas à s'amuser autant qu'elle le devrait.

– C'est à quelle heure, samedi ? demande-t-elle.

– Je pourrais passer te prendre vers 7 heures. Comme ça je verrai tes parents et ils seront rassurés. Après, on ira à pied. C'est à un quart d'heure de chez toi.

– Tu veux rassurer mes parents, toi ? sourit Maïa.

– Ouais. Ils m'aiment bien. Et ils me font confiance, eux ! plaisante Zack.

Maïa pousse un soupir exagéré. En plus, Zack dit la vérité. Zack, c'est 12,5 de moyenne générale. Désespérant. Moins il travaille, meilleures sont ses notes. Avec ses faux airs de cancre incurable, il retient tout ce que disent les profs. Tout l'inverse d'Yvan. Et de Marjorie. Et même de Maïa qui s'accroche au prix d'efforts surhumains à sa moyenne. Ses parents lui citent d'ailleurs souvent Zack en exemple. Zack, le garçon sérieux, Zack qui sait s'amuser. Zack qui montre aux gens ce qu'ils souhaitent voir.

Personne ne connaît Zack.

Le vrai Zack.

Personne à part Maïa.

Bien sûr que ses parents seront heureux de le voir samedi soir, de lui confier leur fille, de lui serrer la main, de l'embrasser, de le regarder s'éloigner avec leur enfant chérie. Rassurés.

– D'accord pour 7 heures. Je vais demander à mes parents, fait Maïa.

– Ils seront d'accord. T'en fais pas.

– Je le sais, ajoute Maïa. Je le sais.

L'intercours se termine. Maïa et Zack se sont touché les lèvres, juste les lèvres avant d'entrer dans la salle. Ils évitent les démonstrations au lycée. Le prof de maths regarde les élèves rejoindre leur place. Aujourd'hui, il va leur rendre un devoir. Il sera obligé de féliciter Zack et ça ne le réjouit pas outre mesure. Les élèves nonchalants bourrés de possibilités ne l'intéressent pas vraiment.

Ils l'agacent, même.

Zack l'agace.

Mais il faut bien faire avec. Les notes ne se donnent pas à la tête du client. Hélas.

Deuxième partie

« Depuis que je suis sur terre
J'ai les yeux de ma mère
J'ai le reste de mon père
Et ça vaut mieux que le contraire. »
Arno Hintjens

I

J'aime cette ville du bord de mer. Jamais cerné. Toujours une fuite possible par l'océan. Une ville pour les fuyards. Ceux qui, comme moi, doivent sans cesse s'échapper, esquiver, se cacher. Mais pour l'instant, c'est surtout Franck que je dois éviter. Je l'ai repéré avec un pote à lui. En haut de la place Saint-Germain. Joli point de vue. Habile traquenard. Seulement, avec moi, il faut se montrer un peu plus malin.

Je disparais dans la rue de Kerouen, si étroite que le vent n'ose même pas s'y engouffrer de peur de ne pas en ressortir. Je descends jusqu'au théâtre et je rejoins la rue Saint-Michel en bas de la place.

Direction La Tête Noire.

Repère de corsaires. Ils sont quelques-uns dans la salle en cette fin d'après-midi.

J'aime ce bar. J'aime son nom. J'aime ses sons. Ses odeurs.

J'aime pousser cette porte et cette sensation d'entrer dans un autre monde qui vous saute au visage, qui vous attrape par le col et vous jette sur une chaise ou un tabouret de bar.

– Salut, Zack !

Yves, le patron, doit peser dans les 120 kilos, au bas mot. Une sorte de croisement entre un ancien joueur de rugby et un Hell's Angel sur le retour. Une quarantaine d'années, impossible à étonner, il ressemble à ses deux dogues allemands couchés au coin du bar, paisibles, un bandana rouge autour du cou, mais qui, à la première embrouille, vous transforment un bar en boucherie.

Du coup, à La Tête Noire, repère de corsaires, tout le monde se tient tranquille.

– Tu me fais la monnaie pour le téléphone ? je demande.

– Tiens, va roucouler, ricane Yves en faisant trembler son double menton.

Je ramasse les pièces sur le comptoir. Je plonge un sucre dans mon café. Pas d'alcool. Ça rassure Yves. Et en plus, je n'aime pas particulièrement l'alcool. À quarante ans, on finit comme Yves, le ventre au-dessus de la ceinture, le visage bouffi, et l'haleine plus chargée qu'un camion de déménagement.

Je trempe mes lèvres dans mon café et direction le point phone. Maïa est chez elle. J'explique que je serai en retard. Non, pas grand-chose. Un quart d'heure. Enfin, une demi-heure, maxi. J'attends un pote. Un pote que je dois voir. Une demi-heure. J'embrasse la voix de Maïa. Les chuchotements de Maïa au creux de mon oreille. Je fais vite. Mon pote vient de pousser la porte du bar. J'embrasse encore Maïa pendant que mon pote se fait servir une bière au comptoir. Le patron lui adresse un petit signe de tête. Yves le connaît. Mais il garde ses distances. Une façon de rappeler qu'il ne veut pas d'histoires dans son bar. Juste des cafés bien chauds et des bières servies sans trop de mousse, le tout payé avec le sourire.

Je raccroche.

Je reviens près du comptoir.

– Salut Boris.

– Ça va, Zack ?

Tout va bien. Ça fait même seize ans que ça ne se passe pas trop mal.

– Alors, tu vas chez Marjorie ce soir ? me demande Boris.

– Tu ne crois quand même pas que je vais rater une fête pareille ? Faudrait m'attacher ! Et toi ? Tu passeras ?

– Je ne pense pas, répond Boris. J'ai des trucs à faire ce soir.

– Dommage. Marjorie aurait été contente de te voir. Dix-huit ans, ça se fête.

– Dix-huit ans, c'est bonnard.

– À part qu'elle repique sa première, c'est bonnard, je précise.

– Tu parles. L'école c'est pas tout.

J'approuve. Une moue indiscutablement approbatrice.

Je termine mon café. Boris enfile sa bière.

– Ce soir, j'espère qu'il y aura assez de bière pour tout le monde, je dis.

– Vous avez déjà fait les courses ? s'inquiète Boris.

– Non, justement. Il ne faudrait pas que je traîne trop longtemps. Sinon les autres vont m'attendre. En plus, c'est moi qui ai l'argent.

Ma main longe discrètement le dessous du comptoir. Elle rencontre celle de Boris. Les cinq billets de 100 francs changent de main.

Coup d'œil de Boris pour vérifier.

Le compte y est.

Boris est rassuré.

– Je suis certain que vous ne manquerez de rien, juge-t-il. Mais si vous avez un problème, appelez-moi. J'ai un copain qui a un petit resto. Il pourra sûrement vous dépanner avec quelques packs de bière.

La main de Boris glisse à nouveau sous le comptoir. Ma main se referme sur la petite pochette plastique et ses cachets bleu ciel.

Derrière le bar, Yves essuie ses verres.

– Tu n'oublieras pas de souhaiter un bon anniversaire à Marjorie de ma part, insiste Boris.

– Bien sûr, je promets.

– J'aurais voulu venir à sa fête et lui faire un

petit cadeau, mais là, je ne peux vraiment pas... Alors essayez de penser à moi au moment de souffler les bougies.

Je ne comprends pas tout de suite.

Boris baisse les yeux, rapidement. Sa main est encore sous le comptoir. J'allonge mes doigts. Je m'empare de la petite enveloppe. Je tremble légèrement. J'ai déjà compris que ce n'était pas comme d'habitude. J'ai un nez terrible pour ses choses-là.

Boris a remarqué le soupçon de panique dans mes yeux. Le soupçon de plaisir, aussi. Ça l'amuse. Il attrape une paille au bout du comptoir. Il enlève le papier et la plonge dans son verre. Il aspire le reste de sa bière d'un seul trait.

– Et surtout, n'oublie pas de me raconter, me dit Boris en quittant son tabouret.

Il paie les consommations, me serre la main et sort du bar.

Je me lève presque aussitôt. Je file aux toilettes et je m'enferme dans les chiottes impeccables d'Yves. Yves déteste les chiottes crasseuses. Il m'en a parlé, un soir après le lycée. Pendant au moins une heure. Un truc de fou. Je ne sais pas pourquoi je pense à ça en ce moment. Assis sur la lunette fermée des WC.

Peut-être que je trouve l'endroit agréable.

Peut-être je n'aimerais pas me retrouver dans des WC immondes, puants, façon drogués qu'on nous montre à la télé. Moi, je suis assis dans des gogues étincelants, et sur mes genoux, j'ai posé l'enveloppe, cette petite enveloppe, format carte de vœux.

J'en sors un papier blanc, plié en carré.

Un demi-gramme, peut-être.

Boris m'en avait parlé. J'étais avec Marjorie. Il nous avait dit un jour, vous pourrez essayer. Seulement essayer. Mais il faut connaître ça au moins une fois dans sa vie. Au début, ça m'avait inquiété. Boris pensait que c'était normal. Mais je ne devais pas m'inquiéter. C'était que de la cocaïne. Rien que de la bonne coco. Une bonne copine. Pas besoin de se fixer. Juste de sniffer. Et après, bon voyage.

Dans l'enveloppe, il y a aussi une lame de rasoir et deux pailles. Boris pense à tout. Juste de quoi faire deux lignes. Une pour moi, une pour Marjorie. Et deux pailles pour ne pas se refiler des saloperies.

Heureusement, Boris pense à tout.

Heureusement, on peut lui faire confiance.

II

Maïa est née à 3 heures du matin.

Sa mère, Nadine, était arrivée à l'hôpital la veille, en fin d'après-midi. Les contractions se rapprochaient, mais pas encore suffisamment de l'avis des médecins. Nadine s'est retrouvée dans une salle d'attente en attendant que ça vienne, et puis c'est venu en début de soirée. La sage-femme semblait fatiguée avec ses traits tirés et ses gestes impatients. Elle était là depuis le matin. La mère de Maïa voyait les choses différemment pour un premier enfant. Mais elle n'avait pas eu le temps de s'en plaindre. On lui avait collé un monitoring sur le ventre. Du coup, pour s'occuper, elle pouvait compter les battements de cœur de son bébé. Ça ne l'avait pas franchement aidée à se détendre, surtout que la petite Maïa avait une fâcheuse tendance à ralentir son rythme cardiaque par moments. Sa mère l'imaginait déjà avec le cordon autour du cou, coincée dans ses entrailles, incapable de trouver la sortie.

Nadine était déjà du genre à imaginer le pire.

Comme pour la conforter dans cette idée, la sage-femme avait le regard inquiet dès qu'elle détournait la tête. Sinon, elle adressait de charmants sourires à la mère de Maïa.

Nadine ne sentait plus la douleur depuis longtemps. D'abord, il y avait eu la morphine. Peu après qu'elle se fut allongée. Histoire de vérifier s'il s'agissait d'un vrai travail. Dans le cas contraire, la morphine arrêtait les contractions.

Nadine n'avait pas trouvé ça désagréable.

Pour une fois, elle n'avait pas envie d'imaginer le pire. Elle s'était juste imaginée avec son bébé. Son premier bébé. Dans ses bras. Elle n'avait jamais été aussi calme et détendue. Puis les effets de la morphine s'étaient dissipés. Heureusement, la péridurale avait pris le relais. C'était moins planant mais ça évitait la douleur. C'était un hôpital, pas un Coffee Shop, non plus.

Finalement, la mère de Maïa avait eu droit à la césarienne.

À 3 heures du matin, tout était fini.

Ou tout commençait.

Nadine s'inquiétait déjà en caressant la petite crevette que la sage-femme venait de lui poser entre les seins. Elle se disait que celle-ci allait lui donner du souci. Et qu'il ne faudrait pas attendre longtemps. Qu'à partir d'aujourd'hui, elle devait rester sur ses gardes. Chaque seconde de bonheur ne serait qu'un sursis aux difficultés qu'il faudrait surmonter.

Mais les années n'avaient pas donné raison à Nadine.

Les vrais ennuis n'étaient jamais apparus. Et c'est d'ailleurs une nouvelle source d'anxiété pour Nadine.

Sa fille n'a pas de problèmes. Rien de sérieux. Rien qui pourrait servir d'excuse.

Il faut la voir, Maïa, attendre patiemment Zack, assise dans le canapé en terminant un livre. Arthur, son jeune frère, regarde la télé. Son père est là, aussi. Le samedi, il ne travaille pas. Il ne travaille plus. Pour être avec ses enfants. Il trouve ça important, la famille. Il lit, lui aussi. Les plaquettes d'informations que Maïa a rapportées du lycée. Rien de neuf. La drogue, LES drogues ; il en parle depuis longtemps avec sa fille. Même avec Arthur qui s'en fiche. Même avec le chien si c'était nécessaire.

Ils en discutent, cherchent des réponses, s'expriment. Enfin, surtout le père de Maïa. Surtout depuis que sa fille est tombée sur les boîtes de somnifères et de tranquillisants de sa femme. Hé, oui ! On avait dit qu'on parlerait de tout.

Alors il a expliqué. Des drogues, oui, si on veut, mais sous contrôle médical, ce n'est pas pareil, parfois, il y a des situations où… En vérité, non. Bien sûr, c'est la même chose. Le dealer est seulement dans l'annuaire et il a pignon sur rue. Et Nadine est bien devenue dépendante au fil des années. Accro à ses boîtes, accro à ses cachets qu'elle compte et recompte pour être certaine de ne jamais en manquer.

Maïa pense que sa mère aurait pu faire autrement. Elle ne se prive pas de le dire à son père. Elle pense qu'il aurait pu l'aider à faire autrement. Finalement, ça l'arrange, non ? C'est tellement simple ces petites pilules garantes d'une quiétude bien méritée. Au début, il répondait tu te trompes Maïa. C'est plus compliqué. C'est la vie, on ne choisit pas toujours… Maintenant, il n'hésite plus à afficher sa défaite, cette bataille perdue qu'il n'a même pas menée.

Maïa a murmuré qu'il n'était jamais trop tard pour bien faire, pour changer, pour combattre la fatalité, la facilité, l'habitude et tout ça. Et le pire, c'est qu'elle avait raison.

Maïa pose son livre et va s'asseoir près de son père. La tête sur son épaule. Un peu grande pour ça, mais tant pis.

– Zack arrive à quelle heure ? demande son père.

– Il devrait être là, soupire Maïa.

– Tu ne rentres pas trop tard ?

– Maman a dit minuit.

– C'est bien. Elle dormira mais moi je t'attendrai.

– On ne sera pas très loin d'ici. Chez

Marjorie. C'est vers le centre. Dans le quartier derrière la gare.

– Il y a de l'ecstasy dans ce genre de soirée ? se renseigne son père sur un ton lamentablement complice.

– Papa, tu sais très bien que je ne prendrai jamais de ça, répond Maïa avec un sourire compatissant.

Elle ne lui en veut pas de s'inquiéter. C'est normal après tout. Il n'est jamais trop tard. C'est même elle qui l'a dit la première.

– Tu m'en parlerais, insiste le père. Je préférerais que tu me le dises… Si c'était le cas.

– Je te le dirais, mais ce n'est pas le cas, récite Maïa.

– Et Zack ?

– Quoi, Zack ?

– Non, rien, s'arrête le père. Excuse-moi. Je te fais entièrement confiance.

– Merci, papa.

Soulagée, Maïa appuie un peu plus sa tête sur l'épaule de son père. Son vieux père comme elle l'appelle. Pourtant pas si vieux.

– Mon vieux papa, lâche-t-elle en riant comme si elle parlait d'un ancien collègue de régiment.

N'importe quoi.

Le père de Maïa trouve ça stupide. Mais gentil quand même. C'est sa fille qui décide des mots à employer, de l'affection à donner. Pas l'inverse. Et c'est bien ainsi.

III

Je marche dans la rue.

Je veux dire : je marche dans la rue avec de la cocaïne dans les poches. De l'herbe, du shit, des ecstas, d'accord. Mais de la coke ; de quoi faire deux lignes, mince, c'est pas la même chose.

Je traverse la rue, maintenant.

Yves m'a lancé un drôle de regard tout à l'heure, quand je suis sorti de ses toilettes. Un regard empreint de respect. Peut-être je n'étais déjà plus le même. Je n'étais plus un simple lycéen à qui on raconte ses histoires de chiottes, à qui on sert un café bien chaud.

« Fais attention à toi », a-t-il trouvé bon d'ajouter avant que je ne quitte son repère de corsaires.

Yves devient trop sensible. Il vieillit. Il finira derrière une buvette pour la fête de son quartier à servir des jus de fruits aux gamins et des verres de rouge sans faux col aux petits vieux.

Je marche, ça marche. Les odeurs du port envahissent ma tête, envahissent la ville. Comme à chaque marée basse quand le vent vient du large. On va prendre le large. Ce soir, on décolle. La ville sera minuscule vue du ciel, enfoncée dans sa boue. Nous, on se tordra de rire. Nos larmes sur le toit des maisons. Et on filera des beignes aux goélands qui s'approcheront trop près de nous.

Ce soir, ça va être la fête à tout casser. La fête qui reste dans toutes les mémoires, de ceux qui y étaient, de ceux qui l'ont ratée, à qui on a seulement raconté. Il suffira de demander : « Tu te souviens de la fête pour l'anniversaire de Marjorie ? » Et aussitôt, les yeux s'illumineront. Un mythe, une légende qui forge les sourires complices.

Je touche le sachet de coke du bout des doigts. La maison de Maïa apparaît. Mes parents ne rentrent que dimanche soir. Leurs week-ends, leurs séminaires, ou je ne sais quoi. Bien sûr que j'irai voir mamie… Et puis quoi, encore ? Vous ne voulez pas que je sorte le chien, non plus ? Le chien passera la nuit dehors, comme moi, pas de traitement de faveur. On en reparlera dimanche soir. Comptez sur moi.

J'attends quelques secondes avant de frapper à la porte de Maïa. J'essaie de me calmer. C'est son père qui m'ouvre. Il m'adore. Il me serre la main. Une poignée de main ferme et chaleureuse.

Je me vois bien lui dire : « Salut, je viens chercher Maïa. Ah, au fait, ce soir on va bien s'éclater, j'ai de quoi faire deux lignes de coke ! »

Paraît que les parents de Maïa pensent qu'il faut être capable d'aborder tous les sujets avec les jeunes.

Chiche.

Maïa m'embrasse déjà. Ses petites lèvres humides mais pas trop. Juste ce qu'il faut. Aujourd'hui, tout est parfait. L'harmonie totale. Le truc du cercle de Marjorie.

– Il y aura beaucoup de monde, ce soir ? me demande le père de Maïa.

Je hoche la tête et intérieurement je pense : « Oui, mais il n'y en aura pas pour tout le monde ! »

– Si vous avez un problème, vous n'hésitez pas à appeler, intervient la mère de Maïa.

Nadine sort la tête de la cuisine. L'angoisse se lit sur son visage. C'est terrible de flipper à ce point. Elle me dévisage comme si elle me regardait pour la dernière fois. Le genre de regard qui porte la poisse. Finalement, elle retourne dans la cuisine. Elle préfère sans doute ne pas voir sa fille franchir la porte.

Ou alors, elle doit recompter une nouvelle fois ses cachets, compter si le compte y est, si elle passera le week-end sans avoir besoin de ramper jusqu'à la pharmacie de garde.

– Bonsoir madame, je fais comme si elle était encore là.

– Amusez-vous bien, reprend le père de Maïa.

– Faites attention quand même, ajoute Nadine dans la cuisine.

– En tout cas, n'hésitez pas à téléphoner, rappelle le père.

Maïa m'entraîne rapidement dehors. Pas facile cette impression d'avoir douze ans quand on en a seize. Bientôt dix-sept au milieu du printemps.

On abandonne les parents de Maïa dans leur pavillon coincé entre deux autres pavillons. Deux autres familles presque identiques. Tout le monde se ressemble dans ce quartier.

– Ils ne changeront jamais, tes vieux. Ils sont toujours aussi cool, je dis à Maïa pour la mettre à l'aise.

– Arrête.

– Non, sans blague, tu devrais les amener au lycée pour faire de la prévention. Ils valent bien la nana de l'autre jour. Imagine ton père en train de faire un cours sur le cannabis.

Maïa finit par sourire.

On ne perd pas de temps. On enfile les rues. Les avenues traversées par le vent et les odeurs de marée. On remonte vers la gare, son rond-point énorme, sa fontaine ridicule au milieu. Une bagnole de flics est arrêtée près des cabines téléphoniques. Ils sont deux assis à l'intérieur. J'aperçois l'extrémité incandescente de leur cigarette et la fumée qui sort par les fenêtres entrouvertes. Je tiens Maïa par la main. J'ai de la coke dans la poche et les flics sont à dix mètres ; je passe devant eux sur le trottoir d'en face. Mon cœur accélère. Vitesse supérieure. Soudain, j'ai une envie dingue de traverser. Maïa me dit que c'est plus court si on continue de ce côté. J'insiste, je veux absolument traverser. Viens Maïa. Je ris, elle rit de mon caprice. Et nous frôlons la voiture de police. Au ras du capot. De la coke sous le nez des flics. Peur étrange. Celle qui sèche la gorge et réchauffe le ventre. Agréable et enivrante. Le sang frappe dans les tempes. On s'éloigne doucement. J'ai l'impression de flotter sur un nuage.

La coco, bonne copine, même pas besoin de se la mettre dans le nez pour décoller. Dans la poche, ça suffit.

Je ne partage pas cette bonne blague avec Maïa ; déjà qu'elle me regarde comme si j'étais cinglé.

– Tu es sûr que ça va ?

– Parfaitement bien. C'est trop cool.

– Qu'est-ce qui est cool ?

– D'être ici, avec toi !

Je tire sur sa main. Je l'oblige à courir. Il faut parfois courir dans la ville. La ville n'est pas la même quand on court. Il ne reste que les lignes verticales. Celles qui rythment l'effort. Elles disparaissent au coin des yeux. Comme des éclairs. Il faut voir ça, voir les gens s'écarter, chercher votre poursuivant, et vous qui riez, les larmes aux yeux, aux frontières d'un autre monde, si proche, si flou, battu par les lumières, et le corps épuisé par l'effort, la tête qui crie encore, encore.

Maïa veut ralentir. Elle veut reprendre son souffle. Je la serre dans mes bras pour coller ma bouche sur sa bouche. Pour ressentir ce plaisir intense d'étouffer ensemble. Nos meilleurs baisers doivent manquer d'air. Nos corps se frottent, tremblent l'un contre l'autre. L'un pour l'autre. La plus belle des peurs. Celle de se perdre.

C'est vrai Maïa, on n'a pas besoin de se charger d'herbe ou d'amphètes pour se sentir bien. On n'en a pas besoin, et justement, c'est encore mieux.

Allez viens. Encore deux rues et nous y serons. Et arrête de m'embrasser sinon je vais finir par trop aimer cette ville. L'amour rend immobile, Maïa. Il faut rester prudent.

Mais non, je blague. Tu me connais. Je déconne tout le temps. Et puis ce soir, on va s'amuser. Ce soir, c'est la fête. Regarde, on est arrivés. Tu vas voir, ça va être inoubliable.

Pas trop de came.

Juré.

Juste un peu d'herbe. C'est tout.

Devant la porte, nos lèvres se câlinent encore. Nos langues se taquinent. Mes mains sous son pull, sur sa peau. Maïa n'est que douceur et tentation. Son odeur sur mes mains, son goût dans ma bouche. Nos corps se frottent, se touchent en plein corps, s'attirent et s'étirent l'un vers l'autre, le contact est établi.

– J'ai pris des préservatifs pour ce soir, me chuchote-t-elle à l'oreille. Il y aura peut-être une chambre de libre chez Marjorie ?

Je bafouille comme un gosse. L'alphabet complet coincé entre les dents. Des oui, oui minables.

IV

Marjorie et ses potes musiciens n'ont pas lésiné sur les moyens pour organiser la fête. La sono et les lumières dans le garage pour danser. L'alcool dans le salon pour boire un coup tranquille. Comme les deux communiquent, c'est pratique. Après, c'est la cuisine, au cas où certains irréductibles voudraient manger : le frigo ne demande qu'à se vider. Là-haut, nettement plus intéressant, les chambres, et plus si affinités.

Cette maison semble avoir été conçue pour organiser des fêtes.

– Dommage que tes vieux ne partent pas plus souvent, crie Zack en embrassant Marjorie.

– Les voisins vont leur fournir un compte rendu tellement détaillé dimanche soir qu'à mon avis, ça ne se reproduira plus ! hurle Marjorie pour essayer de couvrir le bruit de la sono.

– Tu n'as pas peur d'avoir des ennuis ? demande Maïa.

– Maintenant j'ai dix-huit ans ! J'en ai plus rien à foutre ! La prochaine fois, on ira ailleurs ! Et si mes vieux m'emmerdent, je me casse ! Définitif !

Zack note que Marjorie profite de sa majorité pour prendre de bonnes résolutions. Maïa, elle, observe du coin de l'œil ceux qu'on appelle maintenant les musicos, bien qu'on ne les ait jamais vus sortir un son d'un instrument. Pour l'instant, ils se sont installés dans le salon. Ils sirotent des bières et tentent de rejoindre les deux extrémités de la table basse en alignant les bouteilles vides. À chacun ses jeux. Mais si on ignore que ces braves garçons traînent en première année de fac, on ne le devine pas forcément.

Yvan sort du garage. Déjà en sueur. Il a rencontré une fille, apparemment. Zack se penche vers Maïa :

– C'est ta copine Yasmine, non ? Tu ne m'avais pas dit qu'elle avait des vues sur Yvan.

– C'est Yvan qui lui court après depuis quinze jours, rectifie Maïa. Faudrait te tenir au courant.

Yvan serre la main de Zack et colle sa sueur sur la joue de Maïa. Elle râle. Comme elle est belle, les yeux plissés par la colère. Du coup, elle s'éloigne avec Yasmine, vers la cuisine, paraît qu'elles ont faim.

– Bien, fait Marjorie, tu as ce qu'il faut ?

– J'ai même beaucoup mieux, assure Zack en baissant la voix.

– C'est quoi, beaucoup mieux.

– C'est un petit truc blanc qui va faire frémir tes narines.

– Répète ça !

Les yeux de Marjorie s'affolent. Façon machine à sous. Ce soir, c'est bingo !

– Il m'a filé un demi-gramme pour essayer. C'est pas des conneries.

Machinalement, Marjorie et Yvan se rapprochent de Zack. Ils se touchent presque. Une sorte de communion. Un lien indestructible. Le plaisir d'être trois, et seulement trois à partager cet instant, de savoir les autres ailleurs, en dehors.

Au centre de ce cercle protecteur, les ecstas passent de main en main. Puis Zack propose de se mettre à l'écart pour voir la coke.

– On monte là-haut, dit aussitôt Marjorie.

– Pas tout de suite, refuse Zack. On a le temps. On se retrouve dans ta piaule dans une heure. Pour l'instant, je reste avec Maïa.

– Une demi-heure, tente Marjorie. C'est mon anniversaire, après tout.

– Pour une fois, tu vas aspirer au lieu de souffler.

– Sans moi, intervient Yvan. Je ne touche pas à ça.

– De toute façon, il n'y en a pas pour toi, réplique Zack.

– Mais je serai quand même là pour vous surveiller.

– On n'a besoin de personne, mon gros, lance Marjorie. Tu ne te mêles pas de ça. Tu te tais, c'est tout ce qu'on te demande. Et toi, Zack, dans trente minutes, on se retrouve dans ma piaule.

– *No problem*, promet Zack.

Maïa et Yasmine reviennent de la cuisine.

– T'as même pas de gâteau d'anniversaire, regrette Maïa.

– Si tu m'avais prévenue, j'en aurais préparé un, ajoute Yasmine.

– On s'en fout des gâteaux ! hurle Marjorie. On est là pour danser, pour s'éclater, pas pour bouffer ! Allez, tout le monde danse, maintenant : Allez ! ALLEZ !

Même les musiciens affalés dans le canapé et les fauteuils du salon se bougent. Finis les jeux débiles. Direction le garage.

V

Maïa n'est que désir.

À présent, le garage est plein à craquer. Plein d'éclats de lumière, rempli de corps et de visages perlés de sueur. Mais je ne vois que Maïa. Elle danse comme une autre marcherait au milieu d'une foule qui s'écarte, au rythme d'une musique qui n'échappe à personne. Elle fait onduler son corps, passe ses mains sur ses hanches, fait bouger ses seins. Elle est si belle.

J'ai dû m'arrêter de danser. Je voulais la contempler, celle qui a le goût de ma bouche, celle qui me propose l'amour ce soir. C'est plus que l'amour. C'est sa vie qu'elle dépose entre mes mains. Suspendue au-dessus du vide, sa main dans ma main, parce que Maïa croit en moi, elle voit en moi l'amour qui fait monter la mer, noyer la vase, l'amour qui réveille un soleil plein d'hiver. Je serai à la hauteur des rêves sur lesquels elle pose la tête chaque soir.

Danse Maïa. Danse.

Il faut les voir s'écarter. Juste assez pour ne pas la toucher. De peur que l'image ne disparaisse, ne s'évapore dans un nuage de fumée.

Continue Maïa.

– C'est la super ambiance, ici.

Boris pose une main sur mon épaule. Je me retourne, je lui demande ce qu'il fait ici. Je crois me souvenir qu'il ne devait pas venir.

– J'ai eu un problème. Rien de grave. Du coup, j'ai un peu de temps. Alors je passe.

– Tu as vu Marjorie ?

– C'est même elle qui est venue m'ouvrir. D'ailleurs, elle m'a dit qu'elle t'attendait. Vous avez une petite fête prévue entre vous, il paraît ?

Il se touche le nez.

Je n'aime pas son humour. Pas ce soir.

Boris semble calme. Mais il ne l'est pas vraiment. Il passe une main sur son visage. Il tire sur ses joues pâles. Il est tendu, inquiet.

– C'est un chouette cadeau que je vous ai fait, non ?

– C'est vrai.

Boris affiche un sourire forcé.

– J'ai un service à te demander, Zack.

– Vas-y.

– Je suis venu avec un peu de matos. J'aurai besoin de vendre assez rapidement. J'ai un petit souci au niveau fric. T'as pas une idée de qui serait intéressé ?

– Essaie les potes de Marjorie. Les musicos.

– Ils sont déjà chargés. Et tout ce qu'ils veulent, c'est de l'herbe. Même les ecstas, ça ne les branche plus.

– Il y a quelques filles qui viennent d'arriver mais je ne les connais pas toutes.

Boris réfléchit un instant. Il fait un effort pour se concentrer.

– Ça va, Boris ?

– Ouais, t'inquiète. Va rejoindre Marjorie, elle t'attend... Allez, casse-toi.

Je regarde encore Maïa danser. Une seconde. Elle danse avec Yasmine et Yvan. Et d'autres. Les autres que je ne connais pas. Je promets en silence de revenir vite.

Je ne serai pas long, Maïa.

Je ne serai pas long.

Je me répète cette phrase en montant l'escalier. Marjorie m'attend, excédée, elle m'agrippe et me pousse dans la chambre. Elle claque la porte, se jette sur moi et me secoue.

– Magne-toi, Zack ! Tu attends quoi ? Mon prochain anniversaire ?

Marjorie est cinglée et ça ne date pas d'hier. Elle ne connaît qu'une allure, et c'est vitesse maxi. Ses yeux brillent d'impatience, de gourmandise, un sourire de dingue lui traverse le visage. Elle me tire jusqu'à son bureau.

Avec Marjorie, on entre tout de suite dans une autre dimension, où le temps n'est pas le même. Une heure, c'est une minute, une minute, c'est une seconde, le temps devient une spirale, une tornade, un ouragan.

Mais il n'y a pas que ça.

– T'as déjà pris un ecsta ? je lui demande.

– Qu'est-ce que ça peut te foutre ! J'ai dix-huit ans, mon gars. Je fais ce que je veux. Même si t'étais ma mère, j'aurais pas de compte à te rendre.

Ce n'est pas le meilleur moment pour discuter de ça avec Marjorie. Pourtant, je tente ma chance.

– Les mélanges, c'est pas terrible. Il vaudrait mieux remettre ça à une prochaine fois.

Marjorie redevient sérieuse :

– C'est bon, Zack. Arrête ça. En plus, j'ai rien pris. Je suis *clean*.

Il faut bien regarder les yeux de Marjorie. Merde, si elle a pris un ecsta, ce n'est pas certain que la coke lui réussisse. Surtout, elle n'est peut-être plus en état de décider. Alors c'est à moi. Mais moi, ce n'est pas mon problème. Elle est majeure, après tout. Elle le répète assez comme ça. Et qu'est-ce que je vais trouver dans ses yeux ? C'est des conneries, ça ne se voit pas à coup sûr.

– Tu n'as rien pris ? Juré ?

– Mais ouais, c'est bon. Faut que tu arrêtes les séances d'information sur la drogue, toi. Faut te désintoxiquer, mon pote !

Ça va le faire. Elle se souvient de la séance

avec Maryse. Sacrée Maryse. Elle a fini par me faire douter.

– D'accord, on y va. Tu as un miroir ?

Marjorie décroche une glace ronde du mur et la pose sur le bureau.

Je sors l'enveloppe. Je déplie le papier. La poudre est d'un blanc éclatant. Je la fais glisser sur le miroir. Je prends la lame de rasoir. J'écrase la poudre. Je la rassemble pour former une minuscule montagne, et je l'écrase une nouvelle fois. Boris a bien insisté. La poudre doit être la plus fine possible. Alors, on y va. Ce n'est pas le moment d'être feignant et de brûler les étapes.

Puis je forme les deux lignes.

Pas plus longues que celle d'un livre de poche.

L'humour, ça aide parfois. Ça donne le courage nécessaire. Le courage d'enfoncer la paille dans sa narine. De la sentir avancer, trouver son chemin, se positionner bien haut dans la cavité. Et de presser son index sur son autre narine.

Je serai le premier. C'est décidé.

Les yeux de Marjorie sont fixés sur moi.

Je baisse doucement la tête.

VI

Maïa a fini de danser.

Épuisée. Essoufflée.

Elle s'appuie sur Yasmine. Elles rient, s'accrochent l'une à l'autre. Puis Maïa cherche Zack de ses yeux bleus heureux, bleus surpris, bleus inquiets l'instant d'après. Il était là. Il se reposait. Près de la porte. À la place que Boris occupe maintenant. Boris le marchand ambulant. Il lui fait penser à ces vautours perchés sur les potences dans les BD qu'elle lisait quand elle était môme. Ça ferait rire Zack. Si Zack était là.

Mais Zack a disparu. Et Maïa se tord d'inquiétude. Il a promis. Il a juré de ne pas y toucher ce soir. La colère s'installe aussi.

– Yvan ! Yvan ! Tu ne sais pas où est Zack ?

Yvan fait semblant. Assez mal d'ailleurs. Maïa insiste. Elle a du flair pour ces choses. L'habitude, sûrement.

– Yvan, dis-moi où est Zack, bordel !

Même Yasmine a compris l'importance de la question. Elles sont deux face à lui. Maïa et Yasmine. Yvan leur sourit, il sourit à sa nouvelle copine. C'est pas Zack qui lui en trouvera une autre. Ni Marjorie. De toute façon, ces histoires de came, ça ne l'a jamais branché. Ce n'est pas son truc. C'était juste pour essayer. Mais à présent, ça va trop loin.

Alors, Yvan explique tout ça, ou à peu près.

Maïa n'a même pas besoin de lui reposer la question.

– Je pense qu'il est avec Marjorie, là-haut.

– Merci, lâche Maïa.

Yvan pourrait dire : pas de quoi. Mais il préfère se taire. Yasmine se colle contre lui. Yvan est fier. Pas besoin de rouler des pétards pour épater les filles. Il suffit de trahir ses amis.

Drôle de héros. Les caresses de Yasmine suffisent à peine à le réconcilier avec lui-même. Elles y contribuent. C'est tout. Et Yvan regarde Maïa s'éloigner en courant.

Maïa a bousculé Boris. Presque involontairement. Elle sort du garage et traverse le salon. Elle monte à l'étage. Il a juré. Juré, merde, c'est pas rien. Elle en pleurerait. Même pas capable de tenir une promesse. Même pas à la hauteur. Elle est sur le palier.

Elle respire profondément. Elle sait qu'elle tremble. Elle voudrait se souvenir de la dernière fois où la colère a été aussi intense. Mais la colère ne lui en laisse pas le temps. La colère l'envoie contre la porte qu'elle ouvre en grand.

C'est la bonne. Du premier coup.

Elle doit attendre une ou deux secondes. Le temps d'être certaine qu'il s'agit bien de Zack.

Zack penché au-dessus d'un bureau. D'une glace. Zack avec une paille enfoncée dans la narine et qui s'apprête à aspirer une ligne de poudre blanche.

Elle crie peut-être son prénom.

C'est toujours difficile d'être certain dans ces moments-là.

Elle crie, en tout cas.

Des mots grossiers qui ne lui appartiennent plus. Qui appartiennent à sa colère. À sa douleur.

Puis elle referme la porte pour mettre quelque chose entre Zack et elle.

Elle claque la porte.

Elle est partie.

VII

Maïa redescend dans le salon. Il faut partir. Tout de suite.

Rentrer seule.

Avec sa tristesse et sa colère.

Maïa avait promis son corps, ce soir. Et Zack a préféré une poudre blanche. Maïa ne veut plus rien savoir, cocaïne, héroïne, quelle différence à présent ? Elle s'en fiche. Elle voudrait juste comprendre pourquoi elle n'est pas de taille à retenir Zack près d'elle.

Elle garde la main sur la rampe de l'escalier. À gauche, la cuisine. En face la porte d'entrée, à droite le salon. Et derrière l'escalier, le garage, ses lumières et ses danses ; fête tribale à laquelle elle ne veut plus se mêler. Zack dirait encore qu'elle ne sait pas s'amuser.

Maïa sait seulement partir, rentrer chez elle dans la nuit.

Maïa ne sait pas rire.

Maïa en a assez. Assez de cette image douce. Assez d'être raisonnable ou trop sérieuse. Assez de garder le contrôle, la direction, de ne pas sortir de la route. Quelle est sa vraie nature, finalement ? « Laisse-toi aller, dirait Zack, une fois au moins. » Ne plus réfléchir, ne plus penser qu'au plaisir, et c'est tout.

Dans la cuisine, Maïa entend des rires. C'est un bon début. Pour une fois, elle ne les évitera pas. Elle ne gâchera pas sa soirée, ça non.

Sa main lâche la rampe de l'escalier et elle entre dans la cuisine. Les amis de Marjorie entourent Boris. Encore en plein business. C'est le terme qu'ils emploient. Maïa n'est pas une gourde, elle sait ce que ça veut dire. Mais qu'est-ce qu'ils peuvent trouver de si drôle ?

– Hé, Maïa ! T'en fais une tête ! dit Boris en l'apercevant.

Maïa s'approche, entre les quatre musiciens.

– Viens te marrer avec nous, l'invite Boris. Tu veux un petit *speed* ? Apparemment, tu as besoin de te changer les idées. Je me trompe ?

Il la prend par les épaules. Comme si elle faisait partie de cette famille. Les garçons la regardent, amusés. Ils disent ouais, vas-y Maïa, on est là pour se marrer.

Elle qui ne sait pas s'amuser.

Mais elle refuse la proposition de Boris. Poliment. Elle n'a pas besoin de se changer les idées, juste d'oublier un peu sa colère. De parler, d'en parler peut-être, et de rire, ça oui.

Les musiciens lui lancent déjà quelques compliments très recherchés comme « Tes beaux yeux ne se sont pas faits pour être tristes », « Si tu souris on sera tous heureux ». Assez pour faire rougir Maïa. Pas beaucoup. Suffisamment. Boris traite les autres de nases, de musiciens à la noix et tend à Maïa un verre d'eau et un acide.

Tous les yeux sont fixés sur elle. Bien sûr qu'elle sait s'amuser. Allez, ce n'est pas difficile. Il suffit de dire : « D'accord. »

Mais Maïa refuse encore.

– Je te l'offre, insiste Boris.

– Non, je t'assure.

– Bon, comme tu veux, cède Boris... Bois au moins le verre d'eau. Pour trinquer.

Les musiciens attrapent aussitôt leur bière. Ils la lèvent, à la santé de Maïa et de son verre d'eau.

Ils rient.

Maïa rit aussi. C'est ridicule mais c'est amusant. Boris pose la main sur son épaule. En bon camarade. Boris est sympa. C'est vrai. Zack répète toujours qu'on peut lui faire confiance. Maïa peut être fière, ce soir, que Boris s'occupe d'elle. Zack serait fier d'elle, s'il la voyait.

Heureusement, les autres lui raconteront.

Alors Maïa lève son verre, le porte à ses lèvres, renverse la tête en arrière et le vide.

Tout le monde applaudit.

VIII

Jamais Maïa n'avait eu ces yeux-là. J'ai vu la confiance se transformer en mépris, et l'amour prendre la couleur de la haine. Je ne mérite pas ça. Juste, je n'ai pas réfléchi. Juste, je voulais tout, et j'ai cru qu'à seize ans c'était possible.

Mais à présent, j'ai vu tes yeux, Maïa.

– Merde ! Zack ! T'es complètement con ou quoi ?

Je ne céderai pas à Marjorie. Je remets la poudre blanche dans le papier, plié en quatre, dans l'enveloppe. C'est décidé. Je ramasse tout. Terminé. La porte a claqué si fort. Tu te rends compte, Marjorie ? Est-ce que tu peux te rendre compte ? Sais-tu seulement où nous sommes ? Qui nous sommes ?

– J'en ai rien à faire de tes états d'âme ! menace Marjorie. File-moi la coke et tire-toi !

– Non, Marjorie, non. Je vais rendre cette came à Boris. Je lui dirai merci de ta part. Merci de la mienne. Mais cette came ce n'est pas pour nous.

– Il nous l'a donnée, bordel ! Tu ne vas pas la lui rendre !

Marjorie attrape le col de mon sweat. Son poing touche ma joue.

– Tu ne crois quand même pas qu'il nous a donné de la coke par pure bonté ? T'es conne ou quoi ?

– Je m'en tape, s'énerve Marjorie en tirant un peu plus sur mon sweat. Donne-moi ça ! Tout de suite !

J'ai dû penser à Maïa. J'ai dû me sentir prisonnier ou je ne sais pas. La peur de ne pas sortir de cette chambre. Ma détermination à ne pas laisser Marjorie, seule, avec deux lignes de coke. La came était dans ma poche, et elle devait y rester.

J'ai dû penser à Maïa, très fort, et j'ai frappé.

La gifle claque comme la porte cinq minutes plus tôt.

Marjorie lâche mon sweat.

Elle porte la main à sa joue gauche. J'ai frappé comme une brute. Je sens la chaleur me dévorer l'intérieur de la main. Un filet de sang coule du nez de Marjorie. Elle murmure mon prénom. Elle le répète sans fin. Mais je reste méfiant. Marjorie peut très bien se jeter sur moi au moment où je vais m'approcher. Je reste à distance. Elle peut bondir et m'arracher les yeux. « Zack-Zack-

Zack… » Mon prénom résonne comme une trahison, la trahison d'un frère, incompréhensible et injustifiée. Alors, elle verse des larmes qui se mélangent au filet de sang.

Je m'excuse.

Je me rapproche. Je la serre dans mes bras. Elle pleure davantage. Son visage inondé plaqué sur mon épaule. Son sang ruine mon sweat.

Joyeux anniversaire, Marjorie.

IX

J'ai allongé Marjorie sur son lit.

J'ai nettoyé son visage et refusé une fois de plus de lui donner la came. Je lui conseille de se reposer un peu, de réfléchir aussi. Moi, je vais descendre. Je dois retrouver Maïa, sinon je n'existe plus, sinon il ne reste que la ville et rien d'autre. J'ai peut-être encore une chance. Une dernière chance. Je n'en demande pas plus.

– Casse-toi, me fait Marjorie et sa joue en feu.

– Je suis vraiment désolé.

Je sors de la chambre. C'est en refermant la porte que je réalise. J'ai frappé Marjorie. Pour deux lignes de coke. Au lieu de la laisser s'envoyer deux lignes, j'ai failli lui briser le nez. Pas sûr qu'elle ait gagné au change. Mais c'est pour Maïa. Tant pis pour Marjorie. Je dois retrouver Boris et lui refiler sa poudre. Puis retrouver Maïa qui est sûrement partie. Il faudra courir, et crier avant qu'elle ne rentre chez elle, crier j'ai rendu la came, même j'ai collé un pain à Marjorie qui n'était pas d'accord.

Histoire de fou.

Mais je décide de m'y tenir. Je descends l'escalier.

La main accrochée à la rampe, je tourne direct vers le garage. Je me fais une place au milieu de la musique et des lumières. Rien ne traverse mon corps ; tout rebondit. J'appelle Yvan.

– YVAN !

– C'est moi qui ai dit à Maïa que tu étais là-haut, avoue-t-il sans attendre.

– C'est bien. Mais où est-elle, maintenant ?

– Aucune idée.

Yasmine, à côté de lui, affiche le même air consterné.

Je repars.

Je cherche Maïa. Quelqu'un qui l'aurait vue partir.

– Hé ! Personne n'a vu Maïa ?

Tous défoncés, ou ivres de musique ou d'autre chose. J'espère que vous en crèverez.

Je me rue sur la porte d'entrée. Prêt à arracher la poignée. C'est à cet instant que j'entends leurs rires. J'ai toujours aimé les rires, ceux des autres, les miens. Peu importe. Ça suffit à me faire tourner la tête. Peut-être je pense qu'ils se moquent de moi.

Je regarde vers la cuisine.

La porte seulement entrouverte.

Je m'avance.

Ils sont tous autour de la table. La table sur laquelle Maïa danse. Son corps sensuel dessine des vagues, une succession infinie de vagues. Elle passe ses mains sur ses seins, le long de ses hanches, à l'intérieur de ses cuisses. Les musiciens à la con frappent dans leurs mains pour faire croire qu'ils y connaissent quelque chose en matière de rythme.

Maïa passe ses mains sous son débardeur qu'elle n'a pas encore enlevé. Elle danse et se caresse, les yeux fermés, sous les yeux grands ouverts de ces quatre musiciens. Et de Boris. Boris qui vend sa poudre. Les billets circulent. Boris ne vous avait pas menti. On peut lui faire confiance à Boris. Avec sa petite poudre magique, inodore, incolore, les filles vont vous tomber dans les bras. Une demi-cuillère à café, un peu d'eau, et elles deviennent chaudes, les filles. Elles oublient tout, les filles. Comme Maïa. Regardez-la danser ! Regardez si elle n'est pas chaude.

Boris lui caresse les fesses. Et Maïa gémit doucement. Elle attrape la main de Boris et la coince entre ses cuisses.

Les musiciens applaudissent. Ils en veulent de la poudre magique. Du GHB, du Fantasy, appelle-la comme tu veux. Mais ils en veulent. À n'importe quel prix. Ils fouillent dans toutes leurs poches pour trouver les billets.

Je pousse le premier, et le deuxième dans la foulée.

Boris me sourit :

– Te fâche pas, Zack. Personne n'a touché à ta petite Maïa. Elle est pour toi. Toute prête à l'emploi.

Je ne me battrai pas. Je ne dirai rien. Sans violence. De toute façon, ils sont cinq et les deux que je viens de bousculer n'attendent que ça. Je prends la main de Maïa. Je la force à descendre. Elle se frotte contre moi. Me dit de la prendre, ici, là, maintenant, qu'elle a envie de moi.

Ça oui, ils rient bien, les musiciens.

Et Boris aussi.

Je récupère le pull et la veste de Maïa. Je l'entraîne hors de cette cuisine sordide. Je n'ai plus envie de rire. Jamais.

X

La ville est humide et brumeuse. La mer est partout.

Maïa s'accroche à moi comme une naufragée. Elle supporte de plus en plus mal les effets secondaires de la poudre magique de Boris. Elle veut s'asseoir, se reposer. Mais non, Maïa, il faut marcher, marcher le long du port, écouter les vagues s'écraser contre le ciment. Surtout, il ne faut pas t'endormir, Maïa. Je préférerais que tu restes éveillée. Garde bien les yeux ouverts. Rassure-moi. Accroche-toi, ce n'est qu'un mauvais moment à passer. Regarde comme la nuit est belle. Regarde les lumières repousser la nuit, et la nuit qui attend son heure.

Et le bruit de nos pas sur le sol mouillé.

D'accord, toi, tu traînes un peu les pieds.

Attends, laisse-moi t'aider.

Je n'ai pas le temps de te redresser. Tu te plies en deux et tu vomis sur le sol mouillé. Tu te tords encore. Et encore. Et tu craches. Bats-toi, Maïa, bats-toi.

Cette fois, il faut s'asseoir.

Tu t'excuses. C'est insensé. Tu trembles. Tu t'essuies avec un mouchoir que je te tends, pas vraiment présentable, mais on n'en est plus là. Tu t'excuses, tu trembles et tu pleures. Tu ne veux pas que je te prenne dans mes bras, tu ne veux plus que je te regarde.

Moi, je ne sais pas quoi te dire. Comment te faire de nouvelles promesses ? Non, je n'ai pas sniffé la coke. Oui, je l'ai dans la poche. Mais c'est parce que j'ai oublié, quand je t'ai vue, parce que je vais la rendre à Boris, non, je ne jurerai pas une fois de plus, j'irai la rendre, c'est tout, tu verras.

Il s'est passé quelque chose, ce soir, Maïa. Tu ne l'as peut-être pas senti de la même façon que moi, mais quelque chose d'important est arrivé.

Je pense même à faire du sport.

Tu vois, tu souris.

Je suis content quand tu souris.

Quoi comme sport ? J'en sais rien. Du sport, quoi. Un truc en short avec des pompes classe quand même. Un truc pas trop fatigant pour commencer.

Non, tu as raison, le sport, c'est pas mon truc. Et puis, c'est plein de drogués, le sport. Trop risqué. Non, je ferai seulement de la marche avec toi, Maïa. Nos longues promenades, nos heures à regarder la mer se vider, la vase envahir la baie, et nous nous réchaufferons encore à en étouffer.

Et nos baisers, Maïa.

Je sais, tu ne veux pas m'embrasser pour l'instant. Je comprends. Mais demain ? Demain, tu verras, la mer aura une nouvelle fois tout nettoyé.

Tu restes assise sur ce vieux banc accroché au port. Silencieuse à hurler.

Il est minuit moins vingt. Il faut partir. Rentrer chez toi, Maïa. Je vais te raccompagner. Bien sûr, j'ai vu ta tête. J'expliquerai tout à tes parents. Ils comprendront. Je t'assure. Je sais qu'après ils auront du mal à me faire confiance. Je sais. Mais la confiance, ça se gagne. Et je la gagnerai, Maïa.

Ta confiance, leur confiance, je n'ai plus peur de rien.

À quoi bon mentir, Maïa ?

À quoi bon ?

Je parlerai. Ils sauront de quoi je parle. Je leur dirai qu'à présent, je vais me calmer. D'accord, j'ai déconné, mais ils comprendront. Laisse-moi leur parler. Laisse-moi cette chance, Maïa.

Non, ne ferme pas les yeux.

Allez, debout !

Debout.

XI

Boris quitte la maison de Marjorie. Il n'a plus beaucoup de temps. Il doit conserver son calme. Le plus dur est fait. Il a vendu tout son GHB à ces petits cons de musicos. Il lui manque 20 sacs, mais ça ira.

Boris remonte la rue. Ce n'est pas très loin. Il se dépêche. La peur lui serre le ventre. Il n'a pourtant aucune raison d'être inquiet. Tout va bien se passer. Il manque seulement 20 sacs. Il faudra négocier une petite avance. Une avance de 20 sacs, ce n'est rien.

Et l'angoisse qui ne le lâche pas. Ce sentiment d'oppression. Ce corps qui transpire. Il faut faire vite. Vite.

La rue n'en finit pas. Elle croise l'avenue Kléber qui mène à la gare. Boris traverse, appels de phares. Une voiture freine. Boris est déjà de l'autre côté. Il n'entend même pas les insultes du conducteur, vitre baissée, poing levé. Le sang de Boris est en ébullition. Le sang frappe des deux côtés de sa tête, au bout de ses doigts, gonfle ses veines, une chance supplémentaire d'en trouver une du premier coup.

Boris entre dans un immeuble.

Pas plus vieux qu'un autre. Pas délabré. Presque propre.

Il s'accroche à la rampe pour gravir les marches, dernière épreuve. Deuxième étage. La porte en face de l'escalier.

Boris reprend son souffle.

Vie de merde. Il faudra trouver autre chose à vendre que ces cachets d'ecstasy et toutes ces conneries pour les mômes.

Il faudrait vendre de la coke. Plus risqué mais tellement plus lucratif.

S'il trouvait seulement une dizaine d'acheteurs de coke, Boris pourrait se payer ses doses en temps et en heure. À l'aise. Il pourrait même se constituer une petite réserve.

Pour ne pas se retrouver à sec comme aujourd'hui.

Merde de vie.

Boris sonne. Deux fois. Il attend.

Il devine l'œil de Mickey derrière le judas. Mickey. Celui qui se fait appeler Mickey et qui l'observe. « Mickey-mon-cul ! pense Boris. Pourquoi pas Donald, aussi ? »

Mais Boris tente de faire bonne figure. Se détendre. Ne pas paraître crispé.

La porte s'ouvre enfin.

Coup d'œil de Mickey dans le couloir, vers l'escalier. Mickey est toujours prudent. C'est l'âge qui veut ça.

– Entre.

Boris pénètre dans l'appartement. Il reste dans l'entrée. Il connaît la règle.

– Tu as tout vendu ? demande Mickey.

– Ouais, aucun problème.

– Tu as des acheteurs en vue pour de la coke ?

– Pas pour l'instant. Mais ça va venir.

Boris sort l'argent.

Mickey recompte les billets. Il prend son temps. Boris s'appuie contre le mur pour ne pas tomber. Le corps n'est plus qu'un concert de douleurs. Cette bonne vieille douleur. Le corps réclame son dû. Il aime ça, le corps. Il veut sa dose d'héro, maintenant, tout de suite, on est déjà en retard. Alors, le corps punit. Il punit Boris parce qu'il n'a pas fait correctement son travail. Il s'est encore fait rouler sur les tarifs. Il a encore fait des petits cadeaux. C'est ce qu'il explique à Mickey, Boris. Tu sais, ce n'est pas un boulot facile.

– C'est toi qui vas m'apprendre le métier, peut-être ? demande Mickey.

– Non, bien sûr…

Boris n'est pas un bon employé. C'est le problème avec les camés. Ce ne sont pas de bons ouvriers. Heureusement, ce n'est pas la main-d'œuvre qui manque. C'est ainsi que Mickey se rassure. Et pendant ce temps, Boris parlemente en silence avec son corps. Laisse-moi cinq minutes tranquille. Cinq petites minutes et après tu l'auras ta dose.

– Où est la coke ? interroge Mickey.

– Je te rembourserais, promet Boris.

– Tu te l'es enfilée ?

– Non. J'ai distribué deux échantillons. Ça va me revenir, tu peux me croire. Tu avais dit que je pouvais le faire avec mes bons clients. J'ai juste filé deux demi-grammes. Tu l'avais dit, n'est-ce pas ?

Mickey ne répond pas. La discussion est terminée. Il sait que Boris est en manque. Il sait qu'on ne tire rien de bon des petits junkies de son espèce. Tout juste bon à vendre du shit. Mickey cherche des multicartes – il adore l'humour – capable de te fourguer une caisse d'ecstas dans une rave et de livrer de l'héroïne à domicile dans la même soirée. La classe, quoi.

Boris ne fait pas le poids.

– Tiens, voilà ta part.

Mickey tend les billets à Boris. Il regarde cette main tremblante, incapable de les attraper.

– Je ne veux pas de fric, fait Boris. Donne-moi de l'héro.

– Tu n'as pas assez. Il manque 20 sacs… Sans compter tes échantillons de coke.

– Je te rendrai tout. Tu peux me faire confiance. Donne-moi une dose. J'en ai besoin.

– Et moi, j'ai besoin de mecs qui savent se tenir. Pas des toxicos de ton espèce prêts à tout pour obtenir leur came.

– Déconne pas. 20 sacs, c'est rien. Je te les rendrai, Juré.

Mais Mickey a perdu assez de temps comme ça. Il vient de rayer Boris de sa liste de collaborateurs.

– Barre-toi.

La douleur, ce n'est pas grand-chose. Le pire, c'est la peur. La peur quand on rate sa dernière chance d'obtenir sa dose.

– Casse-toi, ou je te démolis.

Boris a peur. Demain, ou après-demain, Mickey aura sûrement disparu. Une autre adresse. Un autre nom. Noyé dans cette ville ou une autre. Demain, ou après-demain, ça fait combien en dose d'héro ? Boris ne sera plus de ce monde. Où trouvera-t-il de quoi nourrir son corps ? Où, dans cette ville ? Trouver un autre dealer, trouver un autre boulot, n'importe quoi.

Dans son état.

Mickey vient de l'empoigner. Il le soulève presque du sol.

– Pitié... 20 sacs... Après, je ferai tout ce que tu veux...

Mickey a ouvert la porte. Il traîne Boris jusqu'à l'escalier. Il le balance dans les marches pour être certain de ne pas le revoir.

Demain, il aura changé d'adresse.

Tout est toujours temporaire.

À part Boris qui roule dans les marches, et son corps qui rit aux éclats. Chaque marche vient frapper son crâne, son coude, son genou, son dos, et son corps rit de plus belle, pris d'une folie enivrante.

Il se nourrit de la douleur.

À défaut d'autre chose.

XII

Maintenant, c'est terminé.

Je veux dire que la journée a été particulièrement pénible. Mais pas inutile. Il n'est pas encore minuit. Maïa rentrera à l'heure, ce soir. Ce sera la première promesse tenue. Un bon départ.

Maïa, et ses yeux couleur mal de mer.

Maïa, épuisée, s'appuie sur moi.

– Courage, je dis, on est bientôt arrivés.

Dernière rue. La lumière des lampadaires accompagne les artistes. Notre représentation prend fin. Rideau.

Je finirais presque par être optimiste.

Mais c'est sans compter sur la malchance. Celle qui vous ferait croire que le hasard n'existe pas. Celle qui garde toujours un œil sur vous. C'est elle qui me fait tourner la tête car la surprise serait trop douce. Il faut la voir arriver la malchance. Et elle arrive, d'un bon pas, et en bande, sur le trottoir d'en face.

La malchance a les cheveux courts, ce soir. Et ceux qui l'accompagnent aussi. Les cheveux de ceux qui aiment se battre sans laisser de prises à l'adversaire.

Tenue de combat. Survêt serré ou treillis version *sniper*.

Chaussures d'acier à faire pleurer un trottoir.

Franck ne met pas plus d'une seconde pour me repérer.

– C'est lui ! C'est lui qui m'a vendu la came !

Ils sont quatre. Quatre à traverser la rue. Même pas la peine d'essayer de fuir, avec Maïa dans les bras et cette poisse accrochée à mes chevilles.

– Qui c'est ? murmure péniblement Maïa.

– T'inquiète, c'est des potes, je fais pour la rassurer.

– Putain de fils de bâtard ! hurle Franck. Je vais te la mettre dans le cul ta came pourrie de merde !

D'accord, c'est pas vraiment des amis.

– Alors, c'est toi qui vends de la fausse came ? me demande le plus âgé de la bande.

Ils se sont placés autour de nous. Coincés contre le mur d'une maison aux volets fermés. Comme toutes les maisons du quartier. Ce n'est vraiment pas le bon endroit. Je regarde Franck. Je regarde Maïa. Il va bien finir par comprendre. Ce n'est pas le moment. D'accord, j'ai voulu faire le malin, j'ai voulu me faire un peu de fric facile, façon Boris. C'est vrai, j'ai vendu du henné au prix d'une barrette de shit. Ça fait cher la teinture. Aucun doute. Mais je pensais que Franck n'y verrait que du feu. Et puis je l'imaginais seul. Comment je pouvais savoir qu'il fréquentait le fan-club de Jean-Claude Van Damme ?

– Je t'ai posé une question, répète la brute au menton proéminent.

– Écoute, Franck, je suis désolé. Je te rembourserai. Mais là, Maïa n'est pas très bien alors je la racc…

Je pensais avoir le temps de discuter. Histoire de calmer le jeu.

La brute m'a chopé à la gorge. Il m'écrase contre le mur. Il me hurle au visage que c'est lui qui a posé la question. Il faut que je lui réponde, à lui. Est-ce que je peux comprendre ça ?

Son front frappe la base de mon nez. L'arrière de ma tête heurte le mur. Je n'y vois plus rien. Le noir complet. Il faut s'habituer à la douleur, la contrôler. Je dois rester conscient, surtout rester conscient. Ce n'est que le début.

La lumière revient rapidement. Ce n'est pas si grave. La douleur, je m'y ferai.

C'est à Maïa que je pense. Lui donner le temps de fuir. Sa maison n'est pas si loin. Je ne dois pas paniquer. Ce n'est que la fin d'une mauvaise journée.

– Alors, Zack, tu fais moins le malin ! me lance Franck.

C'est vrai, je ne fais plus le malin. Ils me plaquent contre le mur. Brute Épaisse et un autre. Le troisième retient Maïa, un peu plus loin. Et Franck s'avance lentement. Les poings en avant. Ironie d'un défi gagné d'avance. Je dois encaisser sans trop me plaindre.

Brute Épaisse ricane grassement dans mon oreille sans me lâcher.

Il dit que les petits merdeux, il faut leur donner une leçon.

Franck s'approche de moi. Si les gros nains qui l'accompagnent ne touchent pas à Maïa, ce sera un moindre mal. Je suis prêt à étaler mon sang sur le trottoir, sur la ville entière, qu'il retourne à la mer et renaisse à chaque coucher de soleil.

Tout, pourvu qu'ils ne touchent pas à Maïa.

S'il y a quelqu'un d'innocent ici, c'est bien elle.

Tu entends ça, Franck ?

Mais Franck se moque de ce que je peux bien dire.

Je ne suis pas en mesure de dire quoi que ce soit.

Celui qui retient Maïa l'embrasse de force dans le cou, pour me rappeler qui décide, ici. Maïa pousse un cri. Il dit que ma copine est plutôt mignonne et se frotte contre elle. Elle tient à peine sur ses jambes. Elle lutte comme elle peut. À la merci de ce dégénéré. Je tente de me dégager, mais Brute Épaisse et son pote me tiennent fermement. Les épaules collées aux murs. Je me débats en vain. Rester lucide le plus longtemps possible pour espérer s'en sortir.

Franck sourit :

– Maintenant, c'est l'heure de payer, Zack.

Mon cerveau fonctionne à deux cents à l'heure. Malgré le coup de boule. Malgré la méchante migraine qui se précise. Mes neurones, pas encore grillés par le LSD, s'affolent devant l'urgence de la situation.

– Attends ! J'ai quelque chose pour toi !

J'ai crié ces mots. Une sorte d'instinct de survie. Normalement, c'est plutôt les jambes et les bras qui réagissent. Moi, c'est le cerveau. Allié inattendu.

– Moi aussi, je me suis fait rouler sur la came. C'est mon fournisseur qui a déconné. Il m'a vendu de l'ecstasy coupé avec des crasses. C'est pour ça que Maïa est dans cet état.

Franck jette un œil à Maïa. Il ne peut pas m'accuser de mentir. Même Brute Épaisse semble approuver.

– Mais on l'a retrouvé ce soir, avec Marjorie, une fille de ma classe.

– Ouais, je vois qui c'est, dit Franck.

– On lui a tiré de la came à ce salaud. Sa petite réserve perso. Et pas n'importe quoi.

Brute Épaisse desserre très légèrement sa prise.

– Dans la poche intérieure de mon blouson. Vas-y, Franck. C'est pour toi. Ce sera pour le dédommagement. Après tu feras ce que tu veux. Mais, juré, tu ne vas pas être déçu.

Franck attrape l'enveloppe. Il ouvre la feuille de papier.

– Fais gaffe au vent, je lui dis. C'est pas des graines pour les oiseaux.

– C'est de l'héro ! s'exclame Franck pour mieux étaler son ignorance.

– De la cocaïne, je corrige. Elle est pure. Aucun doute.

Je suis celui qui se promène avec de la coke dans les poches. Pas n'importe qui. Moi, je m'y connais. Même Brute Épaisse est impressionné. Mais lui non plus n'est pas un débutant.

– Il essaie encore de te baiser, dit-il à Franck.

– Goûte, je reprends. Tu verras que je ne me moque pas de vous.

Franck tend aussitôt l'enveloppe à Brute Épaisse. Bien obligé de goûter. Bien obligé de poser l'extrémité de son auriculaire sur la poudre blanche et de l'appliquer sur le bout de sa langue.

Brute Épaisse prend un air inspiré, l'air de celui qui s'y connaît. Puis il affiche évidemment un air réjoui :

– Ouais, c'est de la bonne.

Trop content de pouvoir essayer la coke. Après, il ne sera plus le même. Ce sera Brute Épaisse qui s'est mis de la coke dans le nez. Il saura de quoi il parle.

En attendant, Franck range précieusement

la poudre. Il se dépêche, il se cache, s'assure que les flics ne sont pas dans les parages, on ne sait jamais.

Maintenant, il a de la coke dans la poche.

– Si vous êtes partageurs, il y en a assez pour vous quatre, je dis.

N'importe quoi.

– Ouais, ça le fait, admet Franck.

On me lâche.

Le dégénéré s'éloigne de Maïa à regret.

– On peut y aller ?

Franck ne me répond même pas.

Les yeux fixés sur la poche de son blouson.

– T'aurais dû nous le dire tout de suite que tu t'étais fait avoir, toi aussi, me dit Brute Épaisse.

Je touche mon nez. Je dis que c'est rien. Il n'est pas cassé. Je l'aurais dit plus tôt, mais j'ai été surpris... Et je craignais que ce soit trop difficile à comprendre pour des abrutis de ton espèce... Non, ça je le garde pour moi. Je souris simplement en passant un doigt sur la bosse qui gonfle à la base de mon nez.

– Il s'appelle comment le mec qui t'a fourni ? me demande Brute Épaisse.

– Boris, je dis.

– Si tu veux lui donner une leçon, on est là.

Je remercie Brute Épaisse pour son esprit solidaire face à l'adversité. Je remercie le ciel d'être tombé sur une bande de crétins qu'un demi-gramme de poudre blanche fait rêver.

Je remercie tout le monde. Je remercie la nuit, les lampadaires, les murs et le trottoir.

Je remercie même Boris.

Je prends Maïa par la main et je me tire !

XIII

Boris a toujours fait des efforts pour ne pas ressembler à un drogué.

C'est moche, un drogué.

Un vrai camé.

Et puis, si on arrive en présentant ses bras perforés, ce n'est pas très vendeur. Boris a donc toujours porté beaucoup d'attention à son apparence. Aux apparences. Mais aujourd'hui, Boris ne pense plus à son image. À son avenir d'intermédiaire. Il ne pense qu'à sa dose. Un truc à se mettre dans les veines, dans le sang. N'importe quoi.

Boris sort de l'immeuble en boitant. Sa chute dans l'escalier ne l'a pas aidé à réfléchir. Il ne pense qu'aux 20 sacs qui lui manque. Avec 20 sacs, il retournerait voir Mickey. Bien sûr qu'il y retournerait. En rampant s'il le fallait.

Il se frotte le crâne. Son crâne martelé par les marches. Mais cette douleur n'est rien. Rien comparée à celle qui lui ronge le ventre.

20 sacs.

Il est minuit.

Crever à minuit.

Boris marche péniblement. D'autres immeubles. Des parkings. Trouver du fric. Plus rien à vendre. Trouver quelqu'un qui pourrait le dépanner. Il y a sûrement quelqu'un. Dans cette ville ou ailleurs. On ne laisse pas les gens mourir, non ?

Boris longe le parking des immeubles face à la mer. À partir du sixième, c'est face à la mer. Une voiture se gare à vingt mètres devant lui, le long du trottoir. Une femme en descend. Seule. Enveloppé dans un manteau, un sac à la main. Elle rentre d'une soirée ou du ciné. Il lui reste bien 200 balles. Elle n'a pas tout claqué, quand même. Ou alors, une carte bleue ? On peut toujours s'arranger…

– Mademoiselle ! S'il vous plaît !

Boris arrive vers elle en boitant. Les yeux un peu trop posés sur le sac à main. La jeune femme demeure un instant immobile. Puis elle ramasse les clés de sa voiture dans son manteau.

– J'aurais besoin d'un petit service, mademoiselle. Juste un peu d'argent. Je ne vous veux pas de mal…

Boris est devant elle. Il porte la main au sac. Il explique qu'il n'est pas un voleur. Les voleurs arrachent les sacs. Lui, il demande un service mais c'est urgent. Alors Boris tire sur le sac, faut pas crier, mademoiselle. Il tire sur le sac. La jeune femme demeure impassible. Elle ressort la main de la poche de son manteau. Boris entend le sifflement de la bombe lacrymo. C'est déjà trop tard. À bout portant. Le visage en feu. Les yeux brûlés vifs. Il crie. Faut pas crier comme ça Boris. Sinon tout le quartier va être réveillé.

Boris est couché par terre. La jeune femme se recule. Elle sort de son sac un téléphone. À chaque pression sur les numéros, un petit signal sonore harmonieux.

Boris se roule par terre. Coincé entre les roues de la voiture et le caniveau. Son corps ne répond plus. Ses mains, plaquées sur son visage, ne s'écartent même pas pour laisser sortir les cris.

XIV

Il est un peu plus de minuit.

La lumière du salon est allumée dans la maison de Maïa. Son père et sa mère attendent sûrement. Au moins son père. Je rassure Maïa. On a seulement un quart d'heure de retard. Et puis je vais leur expliquer.

Mais Maïa n'a plus besoin d'être rassurée.

Ses yeux à marée basse me regardent d'un air navré.

– Il ne faut pas m'en vouloir, Zack.

Et moi j'insiste, bête comme un galet. J'oublie que Maïa ne m'a pas attendu pour parler avec ses parents. Heureusement, elle est là pour me le rappeler.

– Ne t'en fais pas pour moi, Zack. Pense plutôt à toi.

Justement, je pensais à moi.

Mais Maïa l'ignore. Elle ne veut plus m'accompagner, même la plage et tout le reste. C'est terminé.

Elle s'engage seule dans l'allée.

Je reste dans la rue.

Je la vois par la fenêtre du salon. Son père l'attend. Il n'y a même pas de cris, même pas de pleurs. Rien à sauver. Rien pour moi qui voulais jouer les héros. Juste un père qui prend sa fille dans ses bras.

Et moi, dehors, en compagnie des lampadaires.

Au loin une sirène de flics.

Et le silence de la mer, soudain si muette.

Troisième partie

« Je ferai plus le con
J'apprendrai ma leçon
Sur le bout de tes doigts
Tu verras, tu verras… »

Claude Nougaro

I

– Je savais que je te trouverai là.

– Quelle heure est-il ?

– Bientôt 7 heures.

Marjorie s'assied à côté de moi. Je regarde son visage. La marque de ma main s'est estompée. Il ne reste qu'un nuage aux reflets violets. J'en oublie la bosse qui pointe entre mes deux yeux.

– T'as décidé de te faire greffer un troisième œil ? demande Marjorie.

– Laisse tomber. C'est trop compliqué.

Face à nous, la mer s'amuse avec la vase. La baie respire le vent du large. Et moi, assis sur le vieux banc du port, je laisse mon troisième œil verser des larmes, histoire d'aider un peu la marée.

– Ça va pas fort, remarque Marjorie.

– C'était pas ma meilleure journée.

– Ça arrive.

– Faut croire.

Le jour refuse de se lever. Les cris de quelques goélands fantômes tentent de réveiller le port. Ses deux ou trois marins rouillés. Ses bars entrouverts. Ses lampadaires bientôt éteints.

– Ça se passe comment, chez toi, je demande à Marjorie.

– Ils dorment tous. J'attends qu'ils se tirent pour remettre la maison en ordre.

– Y a du boulot.

– Tout doit être remis en place pour ce soir. Ça laisse une marge raisonnable.

– Je viendrai t'aider. D'accord.

– Merci.

– Tu ne m'en veux pas trop pour la coke ?

– C'est oublié, me rassure Marjorie. Pour la claque aussi.

– Vraiment ?

– Si tu veux, on fume le calumet de la paix.

Marjorie sort un joint déjà roulé. Bien roulé, d'ailleurs. Le mélange d'herbe et de tabac grésille au contact du feu. La fumée se mêle à la brume matinale. Le jour pointe le bout de son nez. Maïa dort peut-être. Ou elle se réveille. Les yeux fins comme un cil. Le regard qu'elle doit avoir au réveil, la tête encore enfoncée dans l'oreiller.

Une fois de plus, je l'imagine, Maïa, un matin, nue sous les draps, les seins écrasés sur le matelas, la forme de son dos, la forme de ses fesses.

Je l'imagine à en chialer.

La mer revient toujours. Mon amour, je ne te laisserai pas m'échapper. Il faudra bien que tu comprennes. Je n'écrirai pas cette histoire dans dix ou quinze ans pour me souvenir de ton amour perdu. Les romans ne servent à rien, tout juste à regarder la mer descendre et remonter.

Non, je n'attendrai pas tout ce temps.

Je ne resterai pas sur ce port en compagnie de ma solitude devenue trop bruyante.

– Hé ! Tu t'en vas ? s'étonne Marjorie. Et mon calumet de la paix ?

– Une autre fois. Promis.

– Mais… Où tu vas ?

– Le jour se lève. Je veux être le premier.

– Le premier de quoi ?

– La première personne que Maïa verra en se réveillant.

Marjorie me suit du regard un moment, sans comprendre.

Elle n'est déjà plus qu'une étoile incandescente posée sur le port. J'enfile les rues, plus rapide que les lueurs roses de ce ciel matinal.

Les lumières de ma ville s'éteignent.

Je commence à courir.

Histoire de prendre de l'élan, au cas où Maïa refuserait de m'ouvrir sa porte.